真的是愛說笑

苦悶、鬱卒的時候，放空一下自己，
打開本書，絕對讓你開懷大笑，精神百倍！

貼心提醒

請勿在安靜的公共場合、教室、私人設施裡觀看此書，以免突然大笑影響他人作息！

到屁股而已

一陣大雷雨後，有個農夫在路上趕鴨子，
一位開賓士的男士停下來問：「前面的積水不深吧？」
農夫：「安啦！過得去啦！到屁股而已……」
結果男子很放心的開過去，沒想到越陷越深，完全陷在水裡，
車主急得大叫：「你不是說過得去嗎？」
農夫：「我哪知道？剛剛鴨子過去，水只有到屁股而已呀！」

考試

老師說：「今天考試十分簡單！」
同學說：「YA！老師萬歲！」
老師又說：「但是，其他九十分很難……」

輕鬆生活館：17

真的是，愛說笑

編著　史萊姆
出版者　大拓文化事業有限公司
執行編輯　林美娟
美術編輯　翁敏貴

總經銷　永續圖書有限公司
劃撥帳號　18669219
地址　22103　新北市汐止區大同路三段一九十四號九樓之一
TEL　(〇二)八六四七—三六六三
FAX　(〇二)八六四七—三六六〇
E-mail　yungjiuh@ms45.hinet.net
網址　www.foreverbooks.com.tw

CVS代理　美璟文化有限公司
TEL　(〇二)二七二三—九九六八
FAX　(〇二)二七二三—九六六八

法律顧問　方圓法律事務所　涂成樞律師

出版日◇二〇一三年十二月

國家圖書館出版品預行編目資料

真的是，愛說笑 / 史萊姆編著. -- 初版.
-- 新北市 : 大拓文化, 民102.12
面 ;　公分. -- (輕鬆生活館 ; 17)
ISBN 978-986-5886-47-9(平裝)

856.8　　102019889

動物園 011
二百五 011
反正賠不起 012
沒魚蝦也好 013
急中生智 013
鬼故事書 014
救不到 014
避嫌 015
政治的抹黑手法 015
怨氣難消 016
真要救命 017
遺產 018
對不起 019
到哪裡 020
實驗 020
比經驗 021
熱心過了頭 022
太空總署 023
打情罵俏 024
三缺一 024
學以致用 025
修門鈴 025
徵友條件 026
午餐選擇 027
雨天的邂逅 028
不是唯一 029
獎勵 029
感動之餘 030
快樂和痛苦 031
童言童語 031
小白兔 032
誰有病 033
訂婚 033
說對話無價 034

大聲一點 037
嚇死了 037
許願 038
小明說故事 039
叫爸爸 040
有錢的祕訣 042
分公司 042
補習班爆炸 043
九條命 044
有道理 044
減肥 045
打電話確認 046
誰瞎了 046
踩鴨子 047
做人要誠實 048
父子對話 048
兩個高中同學比爛 050
敬老尊賢 050
原來如此 051
說話的藝術 051
重頭戲 053
原來如此 053
希望能成功 054
錯得離譜 055
推銷員 056
巧辯 057
歪的 057
別嚇我 058
恐怖情書 059
投手 060
文青的代價 060
考幾分 061
就真的很無聊 061
取暖 062

多管閒事的下場 062
好想笑喔 064
派系鬥爭 064
這一切都是誤會 065
耐力比賽 067
看開點 068
該誰睡不著 068
不要臉 069
野狼125 069
袋子裝 071
閉嘴絕招 071
開玩笑 072
為什麼 073
好累喔 074
老鼠的啟示 075
本是同根生 076
傳教 076
倒楣的人是誰 077
最後的清靜 077
馬的名字 078
插隊 078
吉野家 079
不能明著做 079
針鋒相對 080
醫學院口試 081
大便比賽 081
人小鬼大 083
歷史測驗 083
求婚 084
小明的作文 085
開玩笑 085
命名 086
畢業贈言 087
挑食的魚 087

星星之火可以燎原 088
鬼故事 089
誰賺最多 090
出身貴族的狗 091
三個願望 091
不是歧視 092
荷包蛋 093
英文不好的下場 094
校長的忠告 095
精神病患的對話 096
惡作劇電話 096
可以得到多少 098
學習能力 099
動物的副產品 100
只有兩件事不會 101
請假 101
聰明的司機 102
出張嘴 103
日行一善 104
報復 105
禱告 105
無從選擇 106
苦工 106
潔癖 107
超車 107
擺了一道 108
實話實說 109
老師的評語 110
造句：一邊……一邊…… 111
非常恩愛 114
抓抽菸的人 116
祭墓風俗 117
虧大了 118
推銷失敗 119

一樣撞鬼 120
這不是我的錯 120
牛仔 121
眼鏡蛇 122
多一點 123
高興太早 123
闖紅燈 124
絕種的原因 125
教授的幽默 126
模型 127
説的也是事實 128
誤會 129
語言 129
兔子和熊 130
説謊的下場 132
有種 134
教導有方 135
激將法 135
有理 136
缺錢時的妙招 136
才藝表演 137
名次會説話 139
理由 139
學者的實驗 140
神明顯靈 140
上學和放學 141
數學題 142
喝茫的下場 142
好消息和壞消息 143
操作方式 144
教訓的時機 145
解答 145
我媽也會 146
氣死老師 146

誰比較厲害 148
情書 148
我是誰 149
誠信和智慧 150
說謊不打草稿 151
殺豬的 152
高明的造句 152
湖中女神的故事 153
酒桶 153
嚼口香「痰」 154
神奇的豆子 155
太誇張了吧 156
厲害的老師 157
因禍得福 158
故技重施 159
偷看日記 159
小明與魷魚 160
服藥時間 161
算數 161
榨汁冠軍 162
站在哪一邊 164
講求證據 165
價值不斐 165
糊塗醫生 166
虛偽的聰明 167
連續劇的影響 168
備胎計劃 168
自以為是 169
法官與證人 169
這就是結果 170
專業顧問 170
見鬼了啦 171
今天吃什麼 172
有媽媽的味道 173

完了 173
弄巧成拙 174
小明的解釋 175
不盡責的演員 175
意外事件 176
時髦的父親 177
根本不甜 177
現實生活 178
房子大小 179
放屁 179
為什麼不是換你媽 180
誰厲害 180
考試題目我看完了 181
兩小無猜 182
情書 183
司馬光砸缸 183
打架 184
睡不好 185
裸體 185
早餐 186
原來如此 186
可怕的空姐 187
誰才是瘋子 188
票價 189
付帳知男女 189
父債子還 190
喜訊 191
蒼蠅 192
烤肉 193
下一次 193
另類的批評 194
標點符號 194
老師教的對 195
解決措施 195

我要贏的那隻 196
鬥牛 196
有修養的教訓 197
換誰吃藥 197
何處有慈悲 198
結婚前結婚後 199
年紀、學問、笑話 200
世界上最強的武功 201
海嘯是什麼 202
驕傲的錯 202
香菇 202
搶劫 203
不識貨 204
司機的幽默 204
三個傻兄弟 206
請點菜 207
多此一舉 207
何嘉仁 208
報仇 209
食人族獵食 210
以味尋物 211
有霸氣的名字 212
能力好的原因 213
羨慕 213
目標轉移 214
狗的分別 215
烤地瓜 215
避開畫面 218
同樣病症 218
不孝兒子 219
算命 220
定律 221
忠心不二 221
快看 222

動物園

某日，有一個媽媽帶女兒到動物園，走到猴子園區時，女兒突然說：「媽媽妳看！那猴子長的好像爸爸喔！」

媽媽教訓地說：「怎麼可以這樣說呢？」

女兒：「反正猴子又聽不懂！」

二百五

從前，有一位老秀才，一生不曾中舉。

之後生了兩個兒子，於是將大兒子取名「成事」，小兒子取名「敗事」。

他認爲：「人生功名，就在成敗之間。」

一天，老秀才出門，臨走時讓妻子督促小孩練習書法，規定大的寫三百個字，小的寫兩百個字。老秀才快要回來時，妻子去查看情形，大兒子少寫了五十字，小兒子多寫了五十字。

過不久，老秀才回家問妻子，兒子們的功課做的如何？

妻子回答說：「寫是都寫了，但是成事不足，敗事有餘，兩個都是二百五。」

反正賠不起

小明生活很貧寒。一次，他的房東與他簽訂租契。房東在租契上寫明，假如小明不慎引起火災，燒了房子必須賠償一百五十萬元台幣。小明看完後，沒提出異議，而提筆在一百五十萬後面又加上一個「○」。房東一看，驚喜地喊道：「怎麼，一千五百萬台幣？」

小明不動聲色地回答：「反正我也賠不起。」

沒魚蝦也好

老媽對兒子說：「人家慈禧太后下葬時口中都含著一顆大珍珠，在我死之後一定也要含些什麼東西才有面子。」

兒子說：「你要含貢丸還是樟腦丸？」

急中生智

警察在一個保育區海邊人贓俱獲抓到一個偷補龍蝦的男子，準備依法予以罰款。

男子：「你說什麼啊？我是犯了什麼法？這兩隻龍蝦是我的寵物，我帶牠們出來散步而已耶！」

警察：「我聽你在唬爛！」

男子：「真的啦，大人！牠們超愛衝到海裡游泳的，只要我一吹口哨，就會游回來！」

警察：「這我倒要瞧瞧了！」

於是男子把手上兩隻龍蝦拋到海裡，沒多久就不見蹤影。

警察：「好，我現在要看你怎麼把你的寵物龍蝦叫回來……」

男子：「啊？龍蝦？你說什麼龍蝦？我不知道有這回事。」

！鬼故事書

我買了一本鬼故事書，售價兩百元。老闆還說不可翻到最後一頁，否則太可怕了。我回家的時候終於看到最後一頁，沒想到是建議售價五十元……

！救不到

據說有一個剛成年的少年，他的父母親就買了一輛野狼的摩托車，順便去拜關公，求騎車平安，但那位少年第一天就撞死了。

他的父母又去抽籤問關公，爲何第一天就撞死呢，關公竟顯靈的告訴他們一幅對聯：「令郎野狼跑百二，余騎赤兔走八十，所以救不到……」

！避嫌

妻子：「每次我唱歌的時候，你爲什麼總要到陽臺上去？」

丈夫：「我是想讓大家都知道，不是我在打妳！」

！政治的抹黑手法

還有幾天就要開庭了，被告對自己的律師說：「這次如果輸了，我這一輩子就完了！我們給法官送一條高級香菸怎麼樣？」

「法官是個正直的人，他一向討厭香菸，更憎恨賄賂的人，你還是不送的好！」律師慎重的說著。

開庭日期終於到了，被告意外的勝訴了。走出法院，被告感激的對律師說：「謝謝你提醒我香菸的事！」

律師道：「如果當時你送了菸，我們肯定贏不了這次官司的！」

被告反笑：「不，我還是送了香菸！」

律師很驚訝的表情。

被告神祕的說：「正是香菸幫我們打贏了官司的，因爲我在香菸裡附上了原告的名片！」

法官望著被告說：「我看著你有點眼熟，是不是在哪裡見過你？」
「是的，法官先生，二十年前，是我介紹尊夫人和你認識的。」被告說。
「原來是你！太可惡了！判你二十年有期徒刑！」法官咬牙切齒地說。

！真要救命

有一天警局接到一通電話，對方的聲音非常的緊急。
「先生！救命！快點救命！」
「小姐！妳慢慢說……到底什麼事情！」
「有一隻貓爬進來我們家！」
「小姐！有一隻貓爬進來應該不是很大的問題！」
「不行！不行！這貓很危險！貓很危險！」
「小姐！貓真的不危險……」

「先生！你們這邊到底是不是警察局，是警察局的話，我打電話叫你，你就要來救我……快點！貓進來了……很危險！」

「小姐！妳到底是誰？」

「我是鸚鵡！我是鸚鵡！」

！遺產

有一個阿嬤要死掉了，她的兒子前去探望她。

阿嬤：「我有留遺產給你。」

兒子：「是什麼？」

阿嬤：「一個農田，裡面有養三頭牛、十隻雞、七隻羊、六隻豬，我還有一個果園，裡面種了葡萄、橘子、香蕉，再過去一點還有一片蘋果園，我也有留兩千萬的金幣給你。」

兒子：「那麼遺產在哪裡？」
阿嬤：「在……在我的Facebook裡。」
兒子：「……」

對不起

某男和女友吵架，打電話準備道歉的時候電話響了很久終於接通。
女：「對不起……」
男：「妳終於知道錯了。」
女：「您撥的電話通話中……」
男：「……」

到哪裡

有一位小姐打手機到計程車公司。

「你好，我要叫計程車。」

「好的，穿什麼？」

「紅色迷你小短裙。」

「到哪裡？」

「到大腿。」

「@#$%&！」

實驗

一個生物系學生做實驗，一次他把一隻跳蚤的腳切掉一隻，然後對著跳蚤說：「跳！」

跳蚤還是奮力的跳起，於是他再切斷一隻腳，又對著跳蚤說：「跳！」

跳蚤依然照跳不誤，最後他又再切斷一隻腳，然後又對跳蚤喊：「跳！」

這時跳蚤再也跳不動了，於是他寫下了心得：「跳蚤在切短斷六隻腳後，就變成聾子了！」

！比經驗

一位老先生走在路上被計程車撞到，於是二人在路邊吵了起來……

司機：「我的駕駛技術是一流的，錯不在我，而且我有十年的駕駛經驗呢！」

老先生：「是嗎？我走路走了五十年，還是第一次被撞！」

熱心過了頭

一個阿婆趕火車準備到另一山頭幫女兒接生。

可是女兒的婆家是一個很偏僻的小地方，自強號只經過不停的，阿婆就一直拜託車長，希望他能答應她的要求，停在那一站讓她下車，車長也很爲難。考慮了很久，他還是不敢答應那老婆婆的要求，終於他想到了一個好辦法。

車長對阿婆說：「我快到那小村裡時會故意放慢車速，到時妳就跳車，這樣我就不用停車，而妳也可以順利下火車了。」

阿婆連忙點頭，直說這主意不錯。

就在接近那一站時，車長果然放慢車速，

阿婆站在火車的第一節車廂預備好，就跳下火車，因爲跳下火車重力加速度的關係，所以阿婆並沒有馬上停下來，而是在火車旁的月台上慢跑。

就在火車最後一節車廂經過阿婆時，一個年輕人一把抓起了阿婆，把她拉上火車，一臉滿意的說：「阿婆，好險妳遇到我，要不然這班火車妳就趕不上了。」

太空總署

美國太空總署正與將送往金星的人才面試，只有一個人能去而且可能無法再回地球了，第一個應徵者，一位美國工程師，被詢問想得到多少報酬。

他回答：「一百萬，我要把錢捐給我的母校。」

第二位應徵者是個英國醫生，也被問了同一問題，他要求二百萬：「我要留一百萬給我家人，一百萬則作爲醫學上的研究基金。」

當第三個應徵者，台灣的留學生被問到想要多少報酬時，他小聲的在面試者的耳邊說：「三百萬。」

面試者問：「爲什麼比其他人多了這麼多呢？」

這名台灣的留學生回答：「如果你給我三百萬，我給你一百萬，自己留一百萬，剩餘一百萬我們可以把美國工程師送到金星去。」

打情罵俏

老公老婆在床上要睡覺，老公打了一個噴嚏，口水噴了老婆一臉。

老婆拿著衛生紙擦著臉說：「下次再有這樣的情況，請提前說一聲！」

過了一會，老公大聲說：「預備！」

老婆趕忙一頭鑽進被子裡……結果老公放了一個屁。

三缺一

鄰居某老太太生前酷愛打麻將，她過世之後子女爲了表達孝心，決議燒一副麻將作爲陪葬品，唯獨一位老太太最疼愛的小女兒力排眾議，大加反對。

眾子女大為不解的問：「為什麼不能送麻將？」

「你們也不想一想這樣妥當嗎？萬一人手不夠，她來叫我們湊個腳時，要怎麼辦？」

學以致用

媽媽常說爸爸去應酬，比較晚回家。

女兒好奇的問道：「媽媽！應酬是什麼？」

媽媽笑了笑，回答：「應酬就是不想去做，可是一定要做的。」

隔天星期一，女兒去上學時，跟媽媽說：「媽媽！我要去應酬了……」

修門鈴

王先生問工人：「你不是昨天就要來幫我們修門鈴，怎麼你今天才來?」

工人：「昨天我來過三次了，每次按門鈴都沒人來開門，我以爲沒人在就走啦！」王先生：「@#$%&!……就是因爲壞掉，才要你來修啊！」

徵友條件

一名女子在網站上輸入她的徵友條件：

1、要帥

2、要有車

電腦網站幫她搜尋之後，最後出現搜尋結果：「象棋」。

一名男子在網站上輸入他的徵友條件：

1、夠正

2、很甜美

電腦網站幫他搜尋之後，最後出現搜尋結果：「方糖」。

午餐選擇

豪華客機上，非洲食人族的王子也是乘客之一。

空中小姐詢問：：「先生，你的午餐怎麼吃？牛排好嗎？」

王子搖頭。

空中小姐再問：「雞排好嗎？」

王子仍搖頭。

空中小姐說：「那這樣好了……先生，還是你有想吃的東西嗎？」

王子說：「拿旅客名單給我看一下。」

! 雨天的邂逅

在某個下雨天，有一個女校的學生上了公車，在她上車後，外面就給她下起雨來了，那個女同學很擔心的望著窗外，因爲她沒有帶傘，後來要下車了，雨還在下，但她沒辦法，只好硬著頭皮的在雨中奔馳著，結果她突然發現旁邊走來一個高高的，穿著男校制服的同學走到她身旁爲她撐傘。此時女同學非常害羞，一路上都低著頭，滿臉通紅的不敢看他。

那個爲她撐傘的男生也溫柔地配合她的腳步慢慢地走，眼看著她家就到了說，她心想應該要謝謝人家。所以，她就用最溫柔、最嫵媚的聲音說：「今天真是非常的謝謝你……」

也不知道沈默了多久，那個男生才開口說：「姐！妳的聲音怎麼變成這樣……」

不是唯一

記得剛畢業不久的一天，女友給我發了一則簡訊：「我們還是分手吧！」

我正感到傷心欲絕的時候，女友又發來一則：「對不起，發錯了。」

聽到後，我徹底傷心了……

獎勵

小明參加大學聯考前，他的父親爲鼓勵小明努力爭取好成績，就對小明說：

「小明啊！爲了鼓勵你能在這次聯考中得到好成績，爸爸決定你這次聯考總分有三百多分的話，爸爸就買台三萬多塊的機車送你；總分四百多分的話，就送你四萬多塊的機車；更高分的話就以此類推。」

成績單接到後，小明緊張地問他爸爸：「爸爸，你知道哪邊有在賣一萬多塊的機車嗎？」

感動之餘

有一天，妻子感動地說：「結婚多年，你還把我的照片放在你皮夾裡……」

丈夫：「當煩惱或困擾發生時，不管有多困難，我看著妳照片就能迎刃而解。」

妻子更感動：「想不到，我對你有這麼驚人的影響力啊！」

丈夫：「是啊！望著妳的照片，我問自己，還有什麼困難比這個來得大的呢？」

快樂和痛苦

甲問：「你這一生中什麼時候最快樂？」

乙答：「我結婚那天。」

甲再問：「那你什麼時候最痛苦呢？」

乙答：「結婚後的每一天。」

童言童語

幼稚園老師出了題目叫作「公雞」。

老師：「哪一種動物有兩隻腳，每天太陽出來時會叫，而且叫到你起床爲止？」

小朋友異口同聲大叫：「是我媽媽！她很會叫！」

小白兔

有一天，有隻小白兔去五金行買紅蘿蔔。

牠跟老闆說：「老闆，我要買紅蘿蔔。」

老闆說：「我們這裡是五金行，沒有賣紅蘿蔔！」

第二天，小白兔又去五金行買紅蘿蔔。

牠一樣跟老闆說：「老闆，我要買紅蘿蔔。」

老闆生氣的對牠說：「我們這裡是五金行，沒有賣紅蘿蔔！你要是再來，我拿剪刀把你耳朵剪掉！」

第三天，小白兔又來到了五金行。

牠這次跟老闆說：「老闆，這裡有沒有賣剪刀？」

老闆看了看庫存表，說：「我們這裡的剪刀缺貨。」

小兔子笑著說：「那我要買紅蘿蔔。」

誰有病

一個精神病人不承認自己有病。

醫生跟他說：「通常有病的都不會說自己有病。」

病人：「那醫生你有沒有病？」

醫生：「我沒有。」

訂婚

蜘蛛和蜜蜂訂婚了。

蜘蛛感到很不滿意，於是就問他的媽媽：「爲什麼要讓我娶蜜蜂？」

蜘蛛的媽媽說：「蜜蜂是吵了一點，但人家好歹也是個空姐。」

蜘蛛說：「可是我比較喜歡蚊子耶……」

蜘蛛的媽媽說：「不要再想那個護士了，打針都打不好，上次搞到媽水腫！」

——畫面轉到蜜蜂家。

蜜蜂也感到很不滿意，於是就問她的媽媽：「爲什麼要讓我嫁給蜘蛛呢？」

蜜蜂的媽媽說：「蜘蛛是醜了一點，但人家好歹也是搞網路的……」

蜜蜂說：「可是人家比較愛螞蟻啊……」

蜜蜂的媽媽說：「別再提那瘦巴巴的工頭，整天扛著貨東奔西跑連台貨車都沒有！」

蜜蜂說：「那隔壁村的蒼蠅哥也不錯啊……」

蜜蜂的媽媽說：「他是長的蠻帥的，但也不能找個挑糞的啊……」

有一天小明的爸爸從床上爬了起來，而且一早起來就頭痛的要死，他想起前一天晚上喝的爛醉回家，他強迫自己把疲憊不堪的眼睛睜開。

睜開眼後竟然看到床頭上放了一杯水跟幾顆頭痛藥，然後坐起身後又看到了他的衣服已經燙好、疊好在床邊。

因爲一起床就看到這幾樣反常的事，所以他決定要起身看一看房子其他的地方有沒有什麼奇怪的事，他把幾顆頭痛藥吃了，吃的時候突然發現藥下有一張紙條，紙條上寫著「親愛的，我出去買菜了，你的早餐我已經做好放在餐桌上，趁熱吃吧！愛你的老婆。」

小明的爸爸一頭霧水的走進了廚房，然後就看到了熱騰騰的早餐在桌上，還有當天的早報。他看著坐在餐桌吃早餐的小明問著：「兒子，昨天到底發生了什麼事？」

小明回答：「嗯……你凌晨三點鐘跌跌撞撞，然後大吼大叫的進了家門，還把幾個傢俱給打壞踹壞，然後因爲喝得很醉的關係，在走廊上用力的撞了牆壁之後，就送給自己一個瘀青。」

小明的爸爸越想越不明白的問了兒子：「那為什麼媽媽沒有生氣的跑回娘家？卻將家裡打掃的那麼乾淨，然後又給我做了熱騰騰的早餐？」

兒子恍然大悟的說：「喔！你是在問那個喔……媽媽昨天看到你醉死的回家，一肚子火的把你拉到房間裡，然後想把你髒衣服換掉，結果在脫你褲子的時候你罵了她一句：『喂！小姐！妳滾遠一點，我已經結婚了！』……」

這時候小明爸爸腦中出現了一個廣告數字。

自己把自己灌醉：賠了兩千元。

壞掉的傢俱：賠了一萬五千元。

早餐：花了兩百五十元。

說對話：無價。

大聲一點

老師規定凡是上課講話者，都要到教室後面罰站，並且把說話的內容大聲說十遍。有一天上課，小明和鄰座的同學咬耳朵，被老師抓到。

老師生氣的說：「小明，到後面罰站！把你剛剛說的話再大聲說十遍。」

小明低著頭走到教室後面，開始喃喃的低聲說著。

老師又罵：「大聲一點！讓全班都聽得到！」

小明就大聲的喊：「老師的石門水庫沒拉、老師的石門水庫沒拉……」

嚇死了

平穩地飛行，機長愉快的廣播。

機長：「女士們，先生們，我是你們的機長，歡迎大家搭乘本次航班，我想告訴大家的是……啊！天哪！」

不久後，廣播裡就再沒有聲音了。

這時所有的乘客都嚇壞了，連空姐也害怕的不知所措，機艙內鴉雀無聲……

過了好一會，廣播終於傳來了機長的聲音：「女士們、先生們，很抱歉，讓大家受到驚嚇了。剛才空姐倒咖啡時，不小心把咖啡撒在了我的襯衫上，不信你們來看，都濕透了！」

乘客怒吼：「襯衫濕了算什麼，你來看看我的褲襠……！」

許願

有一對同齡夫婦，一齊歡度他們的六十歲生日。正在熱鬧時，突然，天使出現了。

天使說：「我祝福你們的六十歲，你們許願吧，我一定成全。」

六十歲的老婆說：「我好想環遊世界。」
天使說：「成全妳。」
噹！一變，太太手上是環遊世界的飛機票。
天使問六十歲的老公：「你呢？許什麼願？」
老公問：「真的一定會成全嗎？」
天使說：「我從不反悔。」
老公高興萬分的許願：「我希望我現在能抱著比我小三十歲的女人。」
天使說：「成全你。」
噹！老公變成了九十歲。

! 小明說故事

小明跟小華說一個分成四段的笑話。

第一段：有一對夫妻，男方每個月要給女方一萬元，有一天男方只給女方八千元，女方就問男方爲什麼只有八千，男方就打了女方一巴掌，錢是我在賺的妳吵什麼！

第二段：男方說要吃清蒸魚女方卻煮了紅燒魚，男方就問爲什麼煮紅燒魚？不是清蒸魚嗎？女方就打了男方一巴掌說飯是我在煮的，你吵甚麼！

接著第四段：小華就問小明第三段呢？小明就打了小華一巴掌故事是我在講的，你吵什麼！

叫爸爸

小英是個很懂事的小女孩，一個周六下午，小英補習回家在客廳溫習。這時突然門鈴響起來了，小英立即去開門，有一個英俊、年輕、高大的男士站在門前，小英還在猶豫他是誰的時候，媽媽從房間走出來，看到那位男士即刻露出笑容來：「你終於來了！」

這時，媽媽突然回頭對小英說：「叫爸爸！」

小英心想：「奇怪！這男士是誰？爲什麼媽媽要我叫他爸爸……難道是媽媽的……？」

小英在沉思中，默不作聲。媽媽見小英一點動靜都沒有，就再一次對她說：「快叫爸爸！」

小英完全呆了，只是瞪著眼睛望著媽媽和那個男人，以沉默保持自己人性的尊嚴。媽媽發火了，大聲並帶威脅的說：「快給我叫爸爸！」

小英仍然保持沉默，媽媽又急又火爆了，伸出右手快狠準地「啪」一聲打了小英一巴掌，並且大吼：「快叫爸爸！妳站在這裡發什麼呆啊！」

小英頓時傻了，媽媽竟然爲了一個陌生男人而打我，小英哭了出來，對著那陌生男人叫道：「爸……爸……」

媽媽哭笑不得地說：「妳做什麼啊？妳這樣叫爸爸，他聽得到嗎？人家來修水管，妳趕快到房間去叫爸爸，然後帶這位先生到天台去……」

有錢的祕訣

記者訪問一位富翁，問他爲什麼這麼努力賺錢。

富翁：「這一切都要感謝我的老婆。」

記者：「那是爲什麼？」

富翁：「因爲很好奇，我想知道，到底我要賺多少錢才夠她花。」

分公司

某條街有個乞丐，每天都在那裡乞討生活，一日某人忽然發現乞丐身邊多了一個碗，但是身旁又沒有人在？

便上前去問：「爲什麼你要放兩個碗？」

那乞丐笑道：「我也不知道怎麼了，只是最近生意特別好，所以開了家分公司。」

補習班爆炸

有三個外國人，要看看在飛機上到地上距離有多高。

第一個外國人丟了一個小石頭下去，但是沒聽到任何聲音。

第二個外國人丟了一個金塊下去，聽到一個人的慘叫聲：「啊——！」

第三個外國人，丟了一個火炮下去，聽到一個爆炸聲：「砰！」

隔天，小明，小華和小麗，聚在一起聊天，小明說：「我昨天被一個小石頭砸到，差點昏過去。」

小麗說：「我昨天被一個金塊砸到，差點腦震盪。」

這時，小華說：「我昨天發生了一個『靈異』事件，我昨天只是從補習班走出來，放了一個屁，結果補習班就爆炸了。」

九條命

有個人見到神仙，神仙說：「我能實現你一個願望！」

他說：「貓有九條命，那你也讓我九條命吧！」

神仙說：「沒問題！」那個人想說他有九條命沒事做，所以躺在軌道上，結果火車來了他還是死了。

因爲……火車有十節車廂。

有道理

有一天一個長官問一個老是遲到的士兵說：「爲什麼你每天都遲到？」

士兵：「報告長官！因爲我睡過頭！」

長官：「如果每個是士兵都睡過頭，世界會變成什麼樣子！」

士兵：「那就永遠不會發生戰爭……」

！減肥

路上，小李碰到小明，於是就閒聊了一下：「聽說你老婆爲了減肥，到騎馬俱樂部去運動了？」小李問道。

「是啊！他參加騎馬俱樂部已經快一個禮拜了」

「怎麼樣？成果如何？」

「很不錯啊！那匹馬瘦了快二十公斤了！」

打電話確認

一天，精神病院的護士接到一通電話。對方問：「小姐，你去看看十三房四床的病人還在不在？」

護士說：：「請您稍等一下。」

過了一會，護士說：「哎呀，他不在了，請問你是？」

電話裡的人說：「喔，我只是打電話確認一下，那麼我是真的跑出來了？」

誰瞎了

有一天，有一個人請了一個木匠幫他修門，木匠卻把門裝顛倒了。

那人很生氣的說：「你瞎了喔！」

木匠回說：「你才瞎了！不然怎麼會請我這個木匠……」

踩鴨子

有一天，三個姊妹死了，被天使帶上天堂。

天使對她們說：「在天堂有個規矩，就是絕對不能踩到螞蟻的。」

說著說著，姊妹們看見地上全部都是螞蟻，於是每天都小心翼翼的走著。

有一天，大姊踩到了螞蟻，「喀滋」的一聲，天使帶來了一個非常醜的男人，用鎖鍊和她靠在一起，二姊和三姊都非常害怕，於是每天都更小心的走。

沒想到，二姊還是踩到了螞蟻，又「喀滋」的一聲，天使帶來了一個非常非常醜的男人，用鎖鍊和她靠在一起，從此三姊更加害怕。

過了三年，三姊始終沒踩到螞蟻，有天，天使突然帶著帥氣又健壯的男人，用鎖鍊和她靠在一起。

三姊害羞的說著：「你爲什麼會來到這裡？」

男人回答：「我不知道，但是我踩到了螞蟻。」

做人要誠實

老師問小明說：「喪權辱國的『馬關條約』是誰簽訂的啊？」

小明說：「干我屁事，我才不知道也不想知道呢！」

老師很生氣的請小明的媽媽到學校來，告訴媽媽說：「小明學習態度很差，連馬關條約是誰簽的都不知道。」

媽媽於是生氣的對小明說：「小明啊！男孩子要敢做當，那個什麼條約如果是你簽的就要勇敢承認，做人要誠實啊！」

父子對話

父：「你去買汽水。」

子：「是可樂還是雪碧？」

父：「可樂。」

子：「鐵罐還是瓶裝？」
父：「瓶裝。」
子：「無糖還是正常的？」
父：「正常。」
子：「六百克還是一公升裝？」
父：「你好煩！不然買水也可以啦！」
子：「礦泉水還是過濾水？」
父：「礦泉。」
子：「冰的？還是不冰的？」
父生氣：「你再囉嗦看我拿掃帚打你！」
子：「是拿塑膠？還是竹子的？」
父惱怒：「你簡直像畜生一樣！」
子：「像豬還是像牛？」

父氣喘：「我……我會被你……你氣得吐血……」

子：「要拿垃圾桶還是扶你到廁所？」

兩個高中同學比爛

甲：「我們高中最後一名是誰，還不是你嗎？」

乙：「那還不是因爲你被退學了。」

敬老尊賢

一個白髮老先生走上了公車，小明立刻站了起來。老先生和藹的笑了笑，把他按回座位。

過了一會，小明再度站了起來，老先生又把他按下去。等到小明第三次站起來，老先生又拒絕他的好意時，小明有點懊惱的說：「請您讓我下車吧，我已經超過兩站了！」

原來如此

病人對醫生說：「哎呀！我吃的那些生蠔好像不大對勁？」

「那些生蠔新鮮嗎？」，醫生一面按病人的腹部一面問：「你剝開生蠔殼時肉色如何？有沒有聞到腥臭味？」

病人：「什麼！要剝開殼吃？」

說話的藝術

小李長袖善舞，八面玲瓏，從來不得罪人。

有一天，他在自家宴客，一共邀請了六位貴賓，他在門口迎接，並一一問道：「您是怎麼來的？」

第一位說：「我是坐賓士來的。」

「噢！威風威風。」

第二位客人說：「我是搭私人飛機來的。」

「哇！闊氣闊氣。」

第三位客人說：「我是騎腳踏車來的。」

「喔！樸素樸素。」

第四客人說：「我是跑步來的。」

「唷！健健康康。」

第五位客人說：「我是走路來的。」

「嗯！悠哉悠哉。」

第六位客人說：「我是連滾帶爬來的。」

小李面不改色的說：「哈！難得難得。」

重頭戲

小明：「爸爸，什麼是重頭戲？」
爸爸：「就是最後一個節目也是最好看的節目。」
小明：「那我是全班最好看的人。」
爸爸：「爲什麼？」
小明：「因爲我總是最後一名啊！」

原來如此

某天，精神病院裡的病人都在花園裡散步，有的跟花說話，有的跟蝴蝶玩，其中有個病人，手上拿著一條麵包，一瓶牛奶，身上還背著車門。

醫生覺得很奇怪，於是請護士叫那位病人過來，醫生問：「手上為什麼拿著牛奶？」

病人說：「散步久了會口渴。」

醫生心想也對，接著問：「那為什麼要帶著麵包？」

病人說：「散步久了會餓。」

醫生心想有道理，但是醫生還是覺得很奇怪，於是就問：「那為什麼要背著車門？」

病人說：「散步久了會熱，這時可以把車窗打開……」

希望能成功

「醫生，手術成功的可能性有多少？」

「哦！我連這一次，已經有九十七次的手術經驗了。」

「那我就放心了。」

「嗯！我也希望在有生之年成功一次。」

！錯得離譜

有天小明帶著妻子及岳父開車經過關渡大橋。剛開過橋，就被站在路邊的警察及新北市市長攔住。

警察滿臉笑容地對他說：「你是自從關渡橋建成後第一百萬個開車過橋的人，市長先生將發給你一百萬做紀念。

小明聽完，高興得合不攏嘴。

警察問他：「你拿了這一百萬後想做什麼？」

小明忙著說：「我正窮得連開車駕照都辦不起，所以第一件事就是趕快去辦個駕照。」

他的妻子在一旁聽得直瞪眼，趕快搶著跟警察說：「別聽他瞎說，他一喝醉了酒就胡說八道！」

一直在車裡迷迷糊糊打瞌睡的老岳父這時醒來，看見那警察，氣得直嚷起來：「你看你看，我早就跟你們說過，這偷來的車根本就開不遠！」

推銷員

一天某推銷員按電鈴：「太太我這邊有一本書《丈夫晚歸的五百種藉口》妳一定要買！」

太太：「開笑話！我爲什麼一定要買？」

推銷員：「我剛賣給妳先生一本了！」

巧辯

某一個班上的學生，在討論世上有是否有鬼的話題，碰巧被老師聽到。
老師：「你有看過鬼嗎？」
學生：「沒有……」
老師：「那就代表世上沒有鬼！」
另一個聰明的學生就反問老師。
學生：「老師，你看得到你的腦嗎？」
老師：「當然看不到……」
學生：「那就代表你沒有腦！」

歪的

一日教育部派來高官視察學生的學習狀況，看到有一個班級正在上自然科學，老師拿著地球儀正在教學，於是高官就決定進去考考學生：「這位同學，你能告訴我這地球儀爲什麼是歪的？」

只見同學甲很慌張的說：「不是我弄歪的！」

高官對此同學的回答很生氣，就問了另外一個同學。

「……對不起！我剛剛在打瞌睡，我沒有看清楚是誰弄的！」

高官聽了更生氣，就在這時，老師趕緊衝過來打圓場：「買來就這樣了！買來就這樣了！」

! 別嚇我

有天，兩個男同事在辦公室。

男同事A：「我跟你講喔，我要結婚了。」

男同事B：「我也是！我們一起去跟老闆講吧！」

於是他們走到老闆辦公室，異口同聲的說：「我們要結婚了！」
老闆驚訝的說：「你、你們什麼時候在一起的……」

！恐怖情書

小明暗戀隔壁班的一個女孩子，所以他有一天就決定要先寫匿名信給她，朋友就問小明發現她的反應如何呢？
小明：「很激動！」
朋友：「那很好啊！再來發展如何呢？」
小明：「可是後來她就去報警了……」
原來小明的匿名信，是用報紙跟雜誌的內文字，一個字一個字的拼湊起來，內容還是「我注意妳已經很久了……」

投手

小明和小王是熱愛棒球的好朋友，常爭論著天堂是不是也有棒球隊，某日小明不幸升天了，不久後就託夢給小王。

小明：「我告訴你一個好消息和一個壞消息。」

小王：「什麼好消息？」

小明：「天堂真的有棒球隊耶！」

小王：「那壞消息？」

小明：「下個禮拜三的先發投手是你。」

文青的代價

女朋友傳簡訊給她的男朋友：「親愛的，你在睡嗎？那把你的夢傳給我；你在笑嗎？那把你的笑容傳給我；你在哭嗎？那就把你的眼淚傳給我。」

過了五分鐘，男朋友回訊……
「我在大便……」

考幾分

昨天小明被爸爸罵後，今天還是考六十分，於是老爸打他六十下，爸爸說：「你下次還要考六十分嗎？」
小明害怕的說：「我下次不敢了，我考零分就好……」

就真的很無聊

丈夫被太太逼著去聽音樂會。演奏到了一半，太太用手肘頂了丈夫一下：
「你看，真不像話！前面那個人竟然睡著了！」

丈夫抱怨說：「妳把我弄醒，就爲了告訴我這句話？」

取暖

小明：「天氣好冷喔……！」

小英：「去牆角取暖吧！」

小明：「爲什麼？」

小英一個微笑：「因爲，牆角有九十度。」

多管閒事的下場

有一位穿著簡陋的老太太去超級市場買了三罐貓罐頭，正拿去結帳時，結帳小姐說：「老太太，妳必須把貓抱來，確定妳有養貓，我才可以賣給妳，有些窮老人是會吃貓罐頭的！」

老太太沒辦法，就把貓抱來給結帳小姐看。

隔天，老太太又去超級市場買了三罐狗罐頭，正拿去結帳時，結帳小姐又說：「老太太，妳必需把狗抱來，確定妳有養狗，我才可以賣給妳，有些窮老人是會吃狗罐頭的！」

老太太沒辦法，就把狗抱來給結帳小姐看。

再隔天……

老太太索性就抱了一個紙箱去超級市場。她緩緩走到結帳小姐前面，請她將手指伸進去摸摸看。

小姐害怕的說：「這是什麼……不會是一隻蛇吧？」

老太太再三跟她保證盒子裡的東西絕不會傷害她之後，小姐終於伸進去摸了一下，伸出來之後，結帳小姐聞了聞：「嗯……怎麼聞起來……像大便呢？」

老太太：「是啊……我現在可以買三卷衛生紙了嗎？」

好想笑喔

「笑」和「話」是兩個很要好的朋友，有一天「笑」死掉了，「話」跪在他的墳墓旁邊，哭著說：「嗚……我好想笑喔！」

派系鬥爭

某大公司的主管十分怕老婆，但很想知道是不是每個男人都一樣，於是有一天集合公司內所有已婚男士：「覺得自己怕老婆的人站到左邊，覺得自己不怕老婆的人站到右邊。」

之後只見一陣騷動，大部分人都去左邊，只有一個去右邊，還有兩個站在原地不動。

主管首先問第一個站在原地不動的人：「爲什麼你站著不動？」

他答道：「我老婆交代過我，若公司中有分派系時，要保持中立，那一邊都不要參加，所以我站在中間。」

他再問第二個站在原地不動的人：「你又爲什麼站著不動？」

他答道：「我老婆說有事不可自己做決定，要先問她才算，我可不可以先打個電話給她呀？」

這時眾人皆以敬佩的眼光投向獨自站到右邊的那位男士，並請他發表感言，他就說：「我老婆說人多的地方不要去。」

這一切都是誤會

天氣又開始變得冷颼颼了，還飄著絲絲的細雨。

姊妹兩人要去逛百貨公司，經過公車站牌附近的銀行，就想先去銀行外面的提款機領點錢，但不巧正好碰到運鈔車正在補鈔。

兩人站在提款機旁邊等了半天，手都快凍僵了，還不時要忍受保全警衛飄來懷疑的眼光。

姊一如往常簡短的問我：「凍手嗎？」

我照舊簡短地回答：「凍手！」

頓時，四個保全警衛的其中兩位將槍頭轉向了我們。

姊似乎嚇呆了，沒有做任何的解釋。

我著急大聲地對姐喊道：「姐！他們這樣，妳怎麼都還不開腔呢？」

頓時，四個保全警衛的槍頭全轉向了我們，然後我們就被扭往派出所。

警察問我姐：「妳叫什麼名字？」

我姐：「蔣英羽。」

警察稍微提高音量：「妳叫什麼名字？」

我姐：「蔣英羽。」

警察大聲：「妳・叫・什・麼・名・字？」

我姐也大聲回道：「蔣・英・羽！」

警察：「好、好、好！英語就英語嘛……What is your name?」姐生氣的沈默以對，警察無奈轉頭問我：「那妳呢？What is your name?」我有點怕，很快的回答他：「蔣國羽。」警察：「@＃$%&……」

耐力比賽

小明和小華兩人很有耐性，爲了比比看誰的耐力比較強，他們就搬到豬舍裡和豬一起生活。

三天後的一個中午，小華掩著鼻子衝出來說：「我受不了了，真臭……」又過了五天、六天、七天，小明還是忍耐著不出來。大伙正替小明擔心的時候，突然有一群豬衝出來說：「好臭！好臭！」

看開點

老師剛才在課堂上講完友善的重要，下課後小華就問小明：「如果身邊有鬥雞眼的人，要如何安慰他？鼓勵他？」

小明說：「就跟他說『要看開點』不就好了嗎？」

該誰睡不著

半夜了，小明還在床上翻來覆去睡不著。老婆問他：「你怎麼啦！不舒服嗎？」

柯思歎道：「我欠鄰居小華三千元，他說明天要還他錢，我哪有錢呀！恐怕到天亮也睡不著了。」

「就這點小事？」老婆翻身下床走到窗前，推開窗戶，朝對面大聲喊道：「小華，你還沒睡吧？我丈夫明天還不了你的錢！」說完就關上窗戶，對小明說：「沒問題了，你安心睡吧！現在輪到小華睡不著了。」

不要臉

男：「我好喜歡妳喔！我真的很喜歡妳，我可不可以親妳？」

女：「不要臉！」

男：「那我親嘴好了……」

野狼125

有一位有錢少爺小賀，一天載著女友，開著心愛的保時捷疾駛在一條大路上。突然背後傳來了機車的引擎聲：一位老阿伯騎著一台不起眼的野狼125衝了上來。

老阿伯轉頭對小賀喊著：「喂！少年仔！有沒有騎過野狼125？」

話剛說完之後，老阿伯就一陣煙地衝過了小賀。

小賀心想「可惡！竟然敢嗆我……」，小賀催盡馬力又超過了那位老阿伯。

過不了多久，老阿伯騎著那台野狼125又衝了上來。

老阿伯轉頭對小賀說：「喂！少年仔！有沒有騎過野狼125啊？」一說完老阿伯又一陣煙地衝過了小賀。

小賀有女友在身邊，怎麼敢示弱呢？所以馬上又追了回去。

過不了多久，老阿伯又騎著那台野狼125衝了上來。就在快要超越小賀的時候，老阿伯突然摔倒了，車子滑行了數百公尺，老阿伯也倒在地上不知道怎麼樣了。

小賀趕緊下車來看看老阿伯，將他扶起來後，老阿伯掙扎地說：「喂！少年仔！有沒有騎過野狼125……知不知道剎車怎麼剎？」

袋子裝

小明：「老闆，我要一杯青蛙撞奶。」
老闆：「好的，你要用袋子裝嗎？」
小明：「不要！我要用杯子裝。」

閉嘴絕招

一天，老師把小朋友們載去幼稚園，車上吵的要命。
老師：「停！停！停！同學們！我們來玩一個遊戲，老師會說一種動物的名稱，你們要學他們的聲音喔！」
同學們：「好！」
老師：「狗。」
同學們：「汪汪！」

老師：「貓。」
同學們：「喵喵！」
老師：「鴨。」
同學們：「呱呱！」
老師：「好！老師現在要出終極難題囉！誰答出來就贏了！」
同學們：「好！」
老師：「蝸牛。」
結果全車一路安靜到幼稚園……

開玩笑

妻子：「親愛的，你能去把昨天晚上用過的碗洗一下嗎？」
丈夫：「不，我還沒睡醒呢！」

妻子：「我只不過是考驗你一下，其實碗都已經洗好了。」
丈夫：「我只是和妳開開玩笑，其實我是很願意幫你做家事的。」
妻子：「我也是在和你開玩笑，既然你願意洗，那就請你快去做吧！」

為什麼

兒子讀小學三年級，有一天又因數學屢教不會，被他個性急躁的媽媽痛罵。

爸爸在書房聽到兒子被罵得很慘，心想等一下兒子被罵完出來後要安慰他一下，免得在他小心靈裡留下了難堪的陰影。

兒子被罵完，垮著一張臉走出房間，爲了先知道他被痛罵後心裡的感受，爸爸問兒子：「被媽媽罵，你有什麼感覺？」

只見兒子用哀怨的眼神看著爸說：「你爲什麼要娶她？」

爸爸也用哀怨的眼神看著兒子回答說：「還不是因爲你！」

好累喔

小明剛剛結婚不久。某夜，老婆正在廚房忙著晚餐。小明爲了體貼老婆，想幫老婆做點家事。於是就對親愛的老婆說：「老婆，我能幫忙什麼嗎？」

老婆說：「看你笨手笨腳的，找點簡單的，就剝洋蔥好了。」

小明想這個簡單不過了。不過剛剝不久，小明就被嗆得一把鼻涕一把淚。心想，這可不是一件容易的事，又不好意思去向老婆請教，只好打電話向老媽討救兵。

老媽說：「這很容易嘛，你在水中剝不就得了。」

小明於是按著老媽的方法，完成了老婆的任務，開心的不得了。

隔天，小明打電話向老媽說：「老媽，妳的方法真不賴，不過好雖好，美中不足的就是要時常換氣，好累喔！」

!老鼠的啟示

一隻母老鼠帶著幾隻小老鼠在草地裡漫步，突然來了一隻貓。

小老鼠嚇的全都躲了起來，只有母老鼠沉著冷靜，沒有躲開。遠看貓越走越近，小老鼠們非常害怕，就在這時，母老鼠「汪、汪」一聲，貓不知其中有詐，調頭跑了。

等貓跑遠了，小老鼠一個個膽顫心驚地走出來，望著牠們的媽媽。

等所有的小老鼠都到齊了，母老鼠才語重心長地說：「孩子們，現在知道學外語的重要性了嗎？」

本是同根生

今早，小英和小雅在吵架……

小英：「妳這隻豬！」

小雅：「哼！妳才是豬咧！」

看不下去的老師說話了：「既然都是豬，就該和平相處。」

傳教

傳教士到附近社區作家庭訪問兼傳教，他按了門鈴，有一個女士出來開門了。

她一見是傳教士，便說：「我信佛。」

傳教士也開口了，他說：「佛太太，妳好，我可以進去坐嗎？」

倒楣的人是誰

學期結束的最後一天，小明跑去找級任老師，要求老師爲他加分。

老師說：「爲什麼？」

小明答：「因爲我爸爸說，如果我成績考壞的話，就有一個人要倒楣了，我想老師應該要爲自己著想才對。」

最後的清靜

酒吧裡，兩個男人在聊天。

甲：「喂！你怎麼悶悶不樂，一副愁眉苦臉的樣子？」

乙：「唉！我老婆鬧彆扭，她發誓一個禮拜不跟我說話……」

甲：「那你該高興才對呀！至少你的耳根子可以清靜清靜了。」

乙：「你不知道啊！今天是一個禮拜的最後一天了……」

馬的名字

一名男子一天突然被老婆大打一頓，原因是她老婆找到他口袋中留一個女人的名字的紙條。

他說：「那是我去賭馬，這是那隻馬的名字！」

幾天後他又被老婆打……

她說：「你的馬剛剛打電話來找你！」

插隊

一位婦人匆匆走進肉店，毫不客氣地喊道：「喂！老闆，給我一百元給狗吃的牛肉。」

然後，她轉身向另一名等待的婦人說：「妳不會介意我插個隊吧？」

那婦人冷冷的回答：「當然不會，既然妳那麼餓了，讓妳先買也沒關係。」

吉野家

小明和小華因為聯考的關係，在圖書館唸了一天書，直到肚子餓了，兩人協議去附近的吉野家用餐。

才剛點完餐，小明的母親就打電話來。

「喂，小明啊！這麼晚了還不回家，人在哪裡啊？」

小明覺得被誤會，不耐煩的說：「我人在吉野家啦！」

「那你到底要玩到幾點啊？你給我叫吉野的媽媽來聽電話！」

不能明著做

一位救生員向一名泳客抗議：「我已經注意了你三天了，先生，你不能在游泳池小便。」

泳客：「每個人都會在游泳池小便啊。」

救生員：「沒錯！先生，但只有你站在跳板上。」

針鋒相對

一名統計學家遇到一位數學家，統計學家調侃數學家說：「你們不是說X等於Y且Y等於Z則X等於Z嗎？那麼想必你若是喜歡一個女孩，那麼女孩喜歡的男生你也會喜歡囉？」

數學家想了一下反問道：「那你把左手放到一百度的滾燙熱水裡，右手放到一個零度的冰水裡，用理論來說也沒事吧？因爲它們平均不過是五十度而已！」

醫學院口試

醫學院某班進行口試，教授問一個學生問題，題目是某種藥每次口服量是多少？

學生回答：「五公克」

一分鐘後，他發現自己答錯了，應該是五毫克，便急忙站起來說：「教授，允許我糾正嗎？」

教授看了一下錶，然後說：「不必了，由於服用過量的藥量，病人已經不幸在三十秒鐘以前去世了！」

大便比賽

很久以前在一個不知道哪邊的小村莊，每年都會舉辦一年一度的大便造型比賽。

大會會選出造型最特殊的大便進行頒獎。

村長：「今年第三名由小華獲得！是一條長一公尺的巨型大便！請問你怎麼大的？」

小華：「哈哈哈！爲了大這條我從半年前忍到現在都沒大過，果然一大驚人！大的過程中還要小心不能夾斷他，很辛苦呢！」

村長：「今年的第二名由阿呆獲得！是很多很多細碎的大便薄片，請問你怎麼大的？」

阿呆：「我啊！從一年前就不斷鍛鍊我的肛門括約肌，讓我能在一秒之內瞬間夾十次，我就是利用這個方法把大便夾成薄片的。」

村長：「好啦終於來到最期待的時刻，第一名……由小明獲得！是一個無敵鐵金剛造型的大便，實在太強啦！請問你到底是怎麼大成的？」

小明：「……我用手捏的。」

人小鬼大

小學三年級班上有一個聰明伶俐的學生，但是要他靜下來聽課卻很費勁，有天他對老師說：「我懂得東西夠多了，沒有必要繼續讀書了。」

老師：「噢，真的？你只讀到三年級，打算做什麼？」

學生：「教二年級。」

歷史測驗

歷史期末考時，有一題填充題：

黃帝建都「有熊」

堯建都「　」

舜建都「　」

小明動了動腦，寫出以下的答案：

黃帝建都「有熊」
堯建都「有獅子」
舜建都「有老虎」

求婚

八歲的小英很可愛，常常有班上小男生求婚。

有一天，小英回家後跟媽媽說：「媽咪！今天小賀跟我求婚要我嫁給他……」

媽媽漫不經心的說：「那他有固定的工作嗎？」

小芳想了想說：「有，他是我們班上負責擦黑板的。」

小明的作文

有次國文老師出了一道「我」當作文題目。

小明寫道：「小時後我家房中積螞蟻，老鼠到處跑，與豬當作伴，生活非常辛苦；爸爸忙種田，媽媽忙織布，弟弟不學好，妹妹忙著抓螢火蟲，我每天晚上利用牆上破洞的光線看書，頭髮還吊橫樑，屁股插圖釘；夏天要脫光衣服餵蚊子，冬天我要臥冰求鯉魚，白天要披豬皮取鹿奶，晚上要跳脫衣舞給父母看；父母肚子餓時，我要負責哭出竹筍來，父母生病時，我要負責吃大便；每個月還要固定打破大水缸救小孩子出來，必要時還要砍斷櫻桃樹來證明我的誠實；每次想到我坎坷的過去，淚水便忍不住奪眶而出……

開玩笑

有一天，小明頂著高學歷的去應徵工作。

老闆：「你希望有什麼待遇呀？」

小明：「我希望薪資五萬元，一年有一個月的時間公司用公費讓我出國遊玩，而且公司要用公費讓我租房屋。」

老闆：「我給你薪資八萬元，一年三個月的時間出國遊玩，公司還送你一棟房子。」

小明：「那麼好，你該不會是在跟我開玩笑的吧？」

老闆：「是你先跟我開玩笑的啊！」

！命名

有一天，一個印地安小孩問他爸爸說：「爸，我的名字怎麼來的？」

父親回答說：「我們族人命名都是以小孩子剛出生時，父親看到的第一見事物來命名的。像你哥哥，他剛出生時，我一出門就見到了天空，所以他叫『藍天』。像你姊姊她剛出生時，我一出門就見到小鳥在飛，所以她叫『飛鳥』這就是我們族人命名的方式。

然後，父親想了一下，然後回過頭說：「對了！狗屎，你剛剛問我什麼問題？」

畢業贈言

畢業典禮上，大家都為了即將離別的同學而傷心難過，這時班上一位留級生，在畢業紀念冊上寫著：「各位同學，我還有事！你們先走，珍重再見。」

挑食的魚

小明的釣魚技術不好，從早到晚一直更換魚餌。

一下用小魚、一下又用小蝦，但是一條魚也沒釣上。後來，他憤怒的丟下釣竿不再釣了，然後，從口袋裡掏出許多零錢，惡狠狠地丟在水裡說：

「都是一些挑食的魚！喜歡吃什麼自己去買好了啦！」

! 星星之火可以燎原

從前有一隻愛爬樹的猿猴，牠喜歡在很高的樹上盪來盪去，尤其是一顆長在懸崖邊的高高香蕉樹，牠更是喜歡去那邊摘香蕉，牠每次摘完香蕉，都會去找牠的好朋友猩猩一起吃，因爲猩猩牠太大隻不適合爬樹。

可是有一天猿猴在摘香蕉時不小心從很高的樹上掉下來，從此得了懼高症，猩猩好友爲了鼓勵牠，決定爲了猿猴去摘香蕉，希望猿猴吃了，可以找回爬樹的感覺。

可是猩猩不是很會爬樹，所以牠找了很多隻猩猩朋友，大夥一起合作高疊起來摘了香蕉，於是，猿猴在吃了猩猩大夥合作摘得的香蕉，就因此治療好了牠的懼高症，從此猩猩跟猿猴就過著幸福又快樂的日子了。

這個故事告訴了我們一個很重要的啓示，那就是——

「猩猩之夥，可以療猿！」

! 鬼故事

小明是一個單親家庭，每天靠著媽媽拾荒維生，上學也都是申請低收入戶。他跟同學也沒什麼來往，課業也是普普通通，但是有一個同學叫做小華，他送一張不要的樂透給小明，小明心理想：「我又沒這麼好運會中。」就塞在口袋。

後天，樂透對獎時間到，就跑去對面的麵店看電視兌獎，結果發現他真的中了頭彩四千萬，他趕緊回家告訴媽媽，媽媽也很高興。

之後他們母子倆就買了新房子，但是剛搬進去第一天，小明做了惡夢，發現有一個伯伯跟他講說他死了，被埋在牆壁裡面，小明起初不以爲意。第二天又夢到了，伯伯求著小明救他出去，小明還是不理他，到了第三天小明又夢到了，只好忍不住拿起工具挖了起來……

「咚、咚、咚……」

挖到一半，小明突然看到人類的手指頭，心裡揪結了一下，但他還是沿著手指頭一直挖，突然一張伯伯的臉出現……

一直瞪著小明……一直瞪著小明……

小明不敢看，但伯伯卻發出了聲音……

伯伯：「三更半夜不睡覺，在挖什麼啦！」

某次經濟學教授上課時談到：「同學們，外勞對台灣的影響很大，你們猜哪一國的外勞賺走最多錢？是泰勞、越勞、菲勞，還是……」

某生搶先回答：「麥當勞！」

出身貴族的狗

一個男子怒氣沖沖地對寵物商店的老闆說：「你把狗賣給我看門，但是昨天晚上小偷進我家偷了我三百元，牠連叫都沒有叫一聲。」

老闆立即回答：「這條狗以前的主人是千萬富翁，所以三百元牠根本不放在眼裡！」

三個願望

有一天某鬼島的總統不小心掉到水溝裡了，恰好有三個小孩經過。

鬼島的總統對他們說：「如果你們救我起來，我就給你們每人一個願望。」

第一個小孩說他要一輛腳踏車。

第二個小孩說他要一個棒球手套。

第三個小孩想了很久說他要一台輪椅。

鬼島的總統心裡就覺得很奇怪，手腳好好的，爲什麼需要輪椅呢？於是就問第三個小孩說：「你爲什麼要輪椅呢？」

第三個小孩就說：「如果我爸知道我救你起來，會把我的腿打斷！」

! 不是歧視

某天夜裡，一名裸男叫了一輛計程車，開車的女司機正目不轉睛盯著他看。

裸男大怒罵道：「妳是沒見過裸男呀！」

女司機也大怒：「我在看你從哪裡掏錢出來付我車資！」

！荷包蛋

有三個人到早餐店買早點。

第一個人跟老闆說：「老闆，我要一個荷包蛋，但是不要蛋黃。」

老闆照著需求煎了一個蛋。

第二個人也跟老闆說：「老闆，我要一個荷包蛋，但是不要蛋白。」

老闆也照做，但是已經有點不耐煩了。

輪到第三個人，老闆就不客氣地問他：「你呢？你的蛋不要什麼？」

第三個人有點膽怯地說：「我……我、我的荷包蛋不要蛋殼！」

！英文不好的下場

某公司經理叫祕書轉呈公文給老闆，「報告老闆，下個月歐洲有一批訂單，我覺得公司需要帶人去和他們開會。」

老闆在公文後面短短簽下：Go a head.

經理收到之後，馬上指示下屬買機票、擬行程，自己則是整理行李。要出發那一刻，卻被祕書擋下來。

祕書：「你要幹什麼？」

經理：「去歐洲開會啊！」

祕書：「老闆同意了嗎？」

經理：「老闆不是批 Go a head 嗎？」

祕書：「你來公司那麼久，難道你還不知道老闆的英文程度嗎？老闆的意思是：『去個頭！』」

! 校長的忠告

新學期開學，一位新來的教師體罰了一名學生，校長馬上召見該教師。

校長：「學生是我們衣食父母，我們不單只不能隨便體罰，而且還要按他們的考試成績做不同的對待。」

新教師：「如何對待？」

校長：「例如學生考試得A，你要對他好，因爲他以後可能是科學家，會對社會有所貢獻；假如有學生考試得B，你也要對他好，因爲他以後或會返校當老師，可能是你的同事；假如有學生考試得C，你也要對他好，因爲他以後一定會賺大錢，會捐給學校很多錢。」

新教師：「但我體罰的那個學生，偷作弊，賄賂老師，冒充家長簽名，侵吞學生會公款，欺詐同學金錢。」

校長：「啊！這種學生，你要對他更好，因爲他以後，很有機會當總統。」

精神病患的對話

A：「怎麼樣？這本書寫得還不錯吧？」

B：「真是曠世鉅作。一點廢話都沒有，簡潔有力。不過有一個缺點，就是出場人物太多了！」

護士：「喂！你們兩個……快把電話薄放回去。」

惡作劇電話

學生寢室裝電話以後，一段時間電話惡作劇盛行。

一天，小美一個人在寢室裡看書，突然電話鈴響，小美提起電話，「喂」了幾聲，對方卻始終沒回音。下午五點時，，類似的電話又打來了，這已經是當天的第五次了，小美再也忍耐不住：「討厭！你再不說話我就要罵人了喔！」

第二天中午，大家正在寢室吃飯，電話又來了，小美搶先拿了起來：「你再不說話，就別怪我就不客氣啦！」

只是對面傳來一個標準的性感的男聲：「小姐，您好！這裡是電話服務中心，因爲系統昨日故障，影響了您部分通話，我們向您表示歉意，現在我們已經排除了故障，但還要請您協助進行以下測試……」

可愛的小美馬上說：「好，好！」

「請您將你電話上的鍵從1按到0。」

小美照做。

「好的，請您再按一遍，以便確認。」

小美又重按了一遍。

「好的，小姐，經我們測試……您的智商爲零！哈哈！」

小美被戲弄後氣的一天沒說話。

第三天，又是小美一人待在寢室的時候，電話來了，又一個好聽的男人的聲音，但明顯與上次不同：「小姐，您好！這裡是電話服務中心……」

還沒等對方說完，小美就火冒三丈：「你去死吧！」

剛要放下電話，誰知對方說：「小姐，我想您一定是誤會了，這裡的確是電話服務中心，我們得知您受到以我們中心爲名義的不良電話騷擾，特來澄清，並承諾將這事追查到底。」

小美一聽，臉紅了：「是這樣啊……不好意思。」

「沒關係，現在我們想了解一下當時的情況，請您將昨天發生的是描述一遍。」

小美猶豫了一下，還是將昨天的事原原本本說了一遍，當說到對方罵她「智商爲零」時，可愛的小美臉紅到了耳根。

「好的，小姐，經我們再次確認，您的智商還是爲零。」

一個男的幫他太太向保險公司買了保險。

簽約完後，男的問那個業務員：「如果我太太今天晚上死了，我可以得多少？」

業務員答道：「大概二十年的有期徒刑吧！」

學習能力

一個美國人、一個韓國人、一個台灣人在叢林探險，結果全被食人部落抓去了。

部落酋長說：「我今天心情好，不吃你們，但你們都得挨一百個板子！不過……在挨板子之前，你們都可以說一個願望！」

先挨板子的是美國人。

他說：「挨板子前，先給我屁股墊上一個坐墊。」

墊擺好，板子如雨點般落下；先前七十板還可以，七十板之後坐墊被打爛，然後就是板板見血……打完，美國人摸著屁股逃走了。

韓國人見狀後，要求墊十個床墊。一、二、三……一百下打完，韓國人起身，拍拍屁股，沒事；然後笑著對自己的模仿能力和再創造能力吹噓一番，並坐一邊看台灣人的好戲。

結果台灣人慢慢趴下，悠哉悠哉地說：「來，把韓國人給我墊上。」

動物的副產品

有一個餐廳裡，一位老先生叫住了服務生。

「服務生，你們這裡有什麼招牌菜？」

「先生，我們這裡最有名的就是燕窩了！」

「不了，我不吃動物吐出來的東西，太沒衛生了。」

「那客人您想吃什麼呢？」

「先給我來一份雞蛋吧。」

只有兩件事不會

小張去找工作時，老闆問他：「你會些什麼？」

小張：「嗯……我只有兩件事不會而已」

老闆：「哇！這麼厲害啊！那說說看你不會哪兩樣呢？」

小張：「這個也不會，那個也不會。」

請假

男職員向女主管請假。

男職員：「經理，我想請假去向我女友求婚。」
女主管（鄙視的眼神）：「難道你沒有聽說過婚姻是愛情的墳墓？」
男職員想一下便說：「那麼……就讓我請喪假吧。」

聰明的司機

有一個博士學問很淵博，常常到處演講、講課，於是就請了一個司機來開車，比較方便到遠地演講，普通的司機通常都在車上休息，不過這個司機很有好學之心，博士在講課他就在下面聽。

過了半年以後，有一天司機跟博士說：「你講的那一套我都學會了」

博士大笑說：「我講的那些都是很專業的，你怎麼學得會？不然你說給我聽看看！」

司機就從頭到尾講了一遍給博士聽，而且講的非常好。

博士心想……我從小書念了二十幾年才念到博士，你開了半年車就都給我學會了，所以心理很不平衡的說：「好，那改天穿我的衣服上去講課，我穿你的衣服在下面當司機，這樣你敢不敢？」

司機就說：「好呀，試試看！」

於是有一天司機就穿博士的衣服上去講課，從頭到尾講了一遍，講得很好，觀眾在台下一直鼓掌，然後就有一個觀眾問了一個很深入，很專業的問題，博士心想：呵呵……這下子司機終於下不了台了喔！

沒想到司機說：「你這個問題問得很好、很深入、很有水準，不過不用我回答，我叫我的司機來回答就好了。」

！出張嘴

有一天，一對非常好的朋友，小明和小華一起喝酒。

小華突然對小明說：「哎……你老婆不是不讓你喝酒嗎？怎麼今天敢喝了呢？」

小明答：「我在家就像是奔馳在山林中的老虎一樣。我會怕她？哈哈……」

不久他老婆從外面買菜回來，剛聽到門鎖轉開的聲音後，小明突然大叫：「快！武松回來了！幫我把桌子收拾一下！」

日行一善

某小學老師正在批閱小朋友所交上來的日行一善實例，發現小明和小華內容寫得都是「扶老太婆過馬路」，而且時間地點一模一樣，就叫來兩位質問他們。

小明無辜地答道：「沒辦法呀！她一直不願過去，我就和小華一起架著她過去。」

報復

小明在金門當兵時，慘遭兵變，女朋友將要和別人結婚了，希望小明能將她的照片寄還給她。

小明悲痛之際，向同袍們借了二、三十張女孩子的照片，連同女友的照片一起裝進紙盒裡，寄給移情別戀的女友。

他在信上註明著：請挑出自己的照片，其餘的再寄還給我。

禱告

有一艘船在大洋中由於船底破了一個大洞，眼見不久就要沈船了，船長在甲板上問著旅客：「請問，有誰會禱告的？」
一位旅客自告奮勇的說：「我會！」
船長對著身旁的助手說：「除了剛剛那位先生外，每個人發一套救生衣，我們剛好少一套。」

無從選擇

女：「你喜歡我天使的臉孔，還是魔鬼的身材？」
男：「我……我、我喜歡妳的幽默感！」

苦工

有一個囚犯的太太向典獄長抱怨。

太太：「請你們不要虐待犯人，我丈夫說他每天都做事做得起水泡。」
典獄長：「我們並沒有讓妳丈夫做粗重的工作啊！」
太太：「怎會沒有？他說夜裡都要挖地道。」

！潔癖

妹妹：「哥，你是我見過最愛乾淨的人」
小明：「妹妹過獎了，妳是怎麼看出來的？」
妹妹：「不管什麼事，你都推得一乾二淨！」

！超車

一人騎著駱駝走在沙漠的公路上，見一轎車從後而至，便將車攔下，說道：「我覺得很熱，想吹一下冷氣，能否載我一程？」

「是沒什麼問題啦，只是你的駱駝……」

「沒問題，牠會跟在你的車後的。」

車主半信半疑，以六十公里時速開著，見駱駝很輕鬆地跟在後頭，便將車速加至八十，駱駝還是很悠哉地跑在後面，此時車主有心一試駱駝的能耐，便將車速加至一百二十。

「你的駱駝不要緊吧！我看到牠伸出舌頭了耶。」車主很緊張問著。

「真的嗎？伸向哪一邊？」

「左邊。」

「那快把車子偏向右邊一點，牠要從左邊超車了。」

有一天，在一輛火車上有四個人。
一個年輕貌美的女子和她的媽媽；一個男學生和一個對他嚴肅的男老師。
火車進了隧道後，漆黑一片。突然，聽到一聲親吻聲跟一個巴掌聲，大家都在想一件事，但都沒有說出來。
年輕貌美的女子想：一定是那個學生想吻我，但他吻了我的媽媽，幸好，媽媽懂得打他一巴掌！
媽媽想：一定是那個學生想吻我的女兒，幸好，女兒懂得打他一巴掌！
老師想：一定是那個臭小子吻人家的女兒，弄到我被人打錯了一巴掌！
學生想：我的計劃真完美，我吻了自己的手，然後打了老師一巴掌！

！實話實說

小英：「小明，你看我這新燙的髮型，會不會讓我看起來很醜？」

小明：「不會。」

小英：「真的一點都不會？」

小明：「真的不會！因爲妳的醜跟妳的髮型沒有關係……」

老師的評語

週記：2月30日，星期一，晴。

今天一天都沒有出太陽，真不好，爸爸買回兩條金魚，養在水缸淹死一條，我很傷心。

老師評語：我也很傷心，我活了這麼大，2月還從來沒有遇上過一個30號呢！也從來沒有見過不出太陽的晴天，更沒見過會淹死的金魚。

造句：一邊……一邊……

小明寫道：他一邊脫衣服，一邊穿褲子。
老師批語：他到底是要脫還是要穿啊？

造句：其中
小朋友寫道：我的其中一隻左腳受傷了。
老師批語：你是蜈蚣嗎？

造句：陸陸續續
小朋友寫道：下班了，爸爸陸陸續續的回家了。
老師批語：你到底有幾個爸爸呀？

造句：難過

小朋友寫道：我家門前有條水溝很難過。
老師批語：老師更難過。

造句：又……又……
小朋友寫道：我的媽媽又矮又高又胖又瘦。
老師批語；你的媽媽是變形金鋼嗎？

造句：你看
小朋友寫：你看什麼看！沒看過啊！
老師批語：是真的沒看過。

造句：欣欣向榮
小朋友寫：欣欣向榮榮告白。

老師批語：連續劇不要看太多了！

造句：好吃
小朋友寫：好吃的屁。
老師批語：有些東西是不能吃的。

造句：天真
小朋友寫：今天真熱。
老師批語：你真天真。

造句：果然
小朋友寫：昨天我吃水果，然後喝涼水。
老師批語：「果然」是一句詞！

! 非常恩愛

週末夜晚，一對老夫婦緩慢地走進麥當勞，他們點了一份漢堡、一份薯條、一杯可樂，找了最角落的位置坐了下來。

這對老夫婦跟其他年輕男女顯得格格不入，四周的人不禁偷偷地望著他們，心想著：

「哇，他們少說也有八十歲了吧！」

「說不定結婚超過五十年了。」

「想想看，他們這輩子攜手經歷了多少風雨、悲歡離合……。」

之後老先生將托盤裡的食物拿了出來，先是把漢堡細心地撕成兩等分，薯條一根一根仔細地拿了出來，也是分成兩等分，然後啜了一口可樂，遞給老婆婆，老婆婆也啜了一口。

就這樣，大家看著老阿公吃著他那半份漢堡和可樂，老阿嬤則是靜靜地看著他吃，並沒有動她自己那一半。如果老阿公喝一口可樂，老阿嬤便接著也喝一口。

一個年輕人看不下去了，走到他們旁邊，很有禮貌地表示願意爲他們再買一份餐。

老阿公婉拒的說：「謝謝，年輕人不用啦！我們兩個夫妻要共同分享所有的東西。」

就這樣，老阿公繼續吃他的漢堡薯條，老阿嬤靜靜地看著他吃。途中也只有看到老阿嬤與老阿公有共飲過一杯可樂，但是卻沒看過老阿嬤有吃過東西。

年輕人又走過去，請他們允許他再買一份餐給他們，這次輪到老阿嬤說：「謝謝你這位年輕人，不用了啦！我們會共享所有的東西。」

可是大家看到，老阿嬤一口食物也沒動，只是看著老阿公吃，並交替地喝那杯可樂。

年輕人忍不住了，第三次走到他們的桌子邊，問老婆婆說：「阿婆，妳怎麼不吃呢？妳說你們會共享所有的東西，但是妳在等什麼呢？」

老阿嬤抬起頭，望著年輕人，緩緩地回答：「啊……我、我在等我老公嘴裡的假牙。」

抓抽菸的人

小明、小華、小新三人躲在廁所抽菸，小王在外把風。突然教官來抓人，小王通知廁所內的三人，三人快速的把菸丟掉拿出棒棒糖來吃。

教官進了廁所聞到菸味，懷疑三人有抽菸，又苦無證據，便開始觀察三人的動作。

小新拿著棒棒糖的姿勢是用食指與中指夾的，一下就被教官抓住了。

小華想，那有這麼笨的人，他拿棒棒糖的樣子就很正常，但他發現小新一下子就被抓，暗地偷笑，一不小心習慣性的拿棒棒糖彈了一下菸灰，於是小華也被抓了……

至於小明真的太正常了，沒有拿菸彈煙灰的動作，教官對他幾乎放棄了，準備走人的時候，他突然想到一個方法，走了幾步，突然回過頭來大叫：「教官來了！教官來了！」

只見小明匆匆忙忙的將棒棒糖丟在地上，右腳很用力的想把它踩熄，所以小明也……

！祭墓風俗

外國人祭墓時，只是提供一束鮮花，而中國人卻擺上大魚大肉和水果等食物，而且還有許多餅乾零食等等……

外國人見到就嘲諷地問：「你們準備這麼多東西，墳墓裡的人什麼時候會出來吃呢？」

中國人不急不徐地回答：「等你們外國人從墳墓裡爬出來賞花時，我們中國人就會出來吃東西了……」

虧大了

小明考前沒念書，考試當然只能乾瞪眼，除了名字之外，就剩白卷一張。所以他交卷時，還在答案卷正頁下方寫著『請看背面』，然後在背面寫上「哈哈哈！老師你被騙了！」的字言耍老師。

數日之後，班長把考卷發給大家，小明把考卷拿來一看，正面下方也用紅筆寫著「請看背面」，等他把考卷翻過來一看時，上面寫著：

「哈哈哈！小明你被當了！」

！推銷失敗

一個失望透頂的可口可樂推銷商從沙屋地阿拉伯撤了回來。

他的朋友問他：「怎麼你搞不定那邊的民眾啊？」

推銷商解釋說：「當我被派駐到阿拉伯之後，我對自己的宣傳文案非常有信心，可是我又不會說阿拉伯語，所以我就用三張連續的漫畫張貼來做廣告宣傳。

第一張：是一個男人倒在滾燙的沙漠裡，精疲力竭，氣息奄奄。

第二張：是一個男人在喝可口可樂。

第三張：這兄弟完全重生過來。

然後，我把這三張招貼畫貼滿了阿拉伯的大街小巷。

他朋友說：「很好啊！這些廣告招貼一定大顯神威了吧？」

推銷商沮喪地說：「顯個頭啊？就他媽的沒人告訴我，這些傢伙看東西是從右邊往左讀的！」

一樣撞鬼

小明抄近路穿越墳場，聽見敲擊聲有點怕，可是仍繼續走。

但是敲擊聲越來越大，他越來越害怕，忽然見到了一個人在鑿墓碑。

小明終於放下心的對他說：「謝天謝地，你把我嚇壞了，你在做什麼啊？」

那人回答：「他們把我的名字刻錯了，所以我自己上來改。」

這不是我的錯

小明在電話亭跟朋友聊完天後，打了通電話給學校的教官。

小明：「教官，我現在很害怕，電話亭玻璃外面有一堆人惡狠狠的人盯著我。」

教官：「你別害怕，我馬上趕到！對了，是什麼原因？」

小明：「我也不知道……只知道他們在我打電話的時候就一直盯著我看……」

教官：「有多久了？」

小明：「有四小時左右了吧。」

牛仔

一個牛仔騎馬去酒吧喝酒，出來時發現他的馬不見了。

他氣憤地回到酒吧，拔槍朝天花板開了一槍，大叫：「哪一個混蛋偷了我的馬？」

一片寂靜，沒有人回答。

沉默了一會，他吼道：「不要逼我！好！我就再喝幾杯，識相的話，就趁我喝完之前將我的馬回歸原位，否則我就要用我最不想用的那一招了！」

他說完，便坐下來繼續喝……

等到他離開時，他的馬真的奇蹟般的回來了，可真的有人害怕他說的那一招。

酒保見狀，連忙叫道：「喂！你的那一個絕招是怎樣，說來聽聽吧！」

牛仔轉身回答：「啊不就是走路回家嘛！」

眼鏡蛇

爸爸想考驗兒子的野外求生能力，於是問他：「假如你在野外碰到眼鏡蛇，你該怎樣？」

兒子答：「先打破牠的眼鏡，然後趕快逃走！」

多一點

學校剛公布段考成績，媽媽就問小賀：「聽說隔壁家的小華數學考九十九分，你考幾分？」

小明一臉得意說：「嘿！我比她多一點！」

媽媽很高興：「那你考一百分囉？」

小明：「錯！是九點九分！」

高興太早

有位爸爸多年以來發現小孩子都只記得母親節，卻忘了父親節，所以爸爸都挺失落的。

而今年八月八日，這位爸爸坐在餐桌旁和家人用餐，突然間，兒子就往冰箱走去，當他打開冰箱蹲下取物時，突然若無其事的說：「爸！你知道今天是幾月幾日嗎？」

老爸心中暗自竊喜，想著這個兒子可能要給他一個驚喜，因而高興地回答：「今天是八月八日。」

兒子有點失望的說：「唉……牛奶過期了！」

闖紅燈

有一天小明坐計程車去火車站，司機穿著背心、嚼著檳榔在開車。

經過一個黃燈，司機毫不猶豫闖黃燈。小明尖叫：「司機、司機！你怎麼闖黃燈！」

司機裂嘴一笑：「不用怕！我哥都這樣還不是沒出過車禍。」

又經過一個紅燈，司機依然毫不考慮的闖過去。小明又尖叫：「你怎麼連紅燈也闖！」

司機大笑：「不用怕啦！我哥一直這樣還不是沒事。」

又經過一個綠燈，司機立刻猛踩煞車。

小明破口大罵：「你有病啊！黃燈你也闖！紅燈你也闖！綠燈居然停車？」

司機一臉無辜的說：「我怕我哥從另外一邊衝出來。」

絕種的原因

話說諾亞方舟漂流在大洪水中，由於所有動物都在船上，方舟不堪負荷。因此必須犧牲一些動物，諾亞於是決定，除了牛、羊、豬、雞、鴨、鵝等家畜家禽留下外，要求其他動物抽籤講笑話，如果笑話不能令那些家畜家禽全部笑的話，就會被丟入大洪水中。

恐龍抽到一號，雖然腦筋不好，牠仍費盡心思背了一段從椰子林看到的超級好笑的笑話。講完後，牛羊雞鴨鵝都笑得很大聲，唯有豬連微笑都沒有，於是恐龍就被丟入大洪水中，從此絕種了。

麒麟抽到二號，牠素以動物界笑話王聞名，牠信心滿滿地走上來，唱作俱佳地講了一段笑話，所有動物都笑得前俯後仰，涕泗縱橫，可是仍然有有豬不為所動，按規定只好把麒麟也丟入大洪水中，麒麟從此也絕種了。

在所有動物議論紛紛中，輪到抽到三號害羞的駝鳥慢慢走上臺。牠緊張害怕地說不出話來，在扭捏中，所有動物皆屏息以待，卻見豬突然大笑起來，動物們覺得很莫名其妙的說：「駝鳥都還沒講，你笑什麼啊？」只聽見豬慢條斯理地說：「恐龍的笑話好好笑哦！」

教授的幽默。

在某大學上課，教授都喜歡點名，該校有個幽默的教授，上課時他開始點名，因爲翹課實在太多了，每次上課只有前面三排有人，其他都空著。

「李自強。」

「有！」

「趙子龍。」

「有！」

即使沒有到的，也會有同學幫忙喊有，忽然間，教授點到王小明的時候……

「王小明……王小明……」

教授叫了好幾次都沒人喊有，於是教授就說：「奇怪耶！這個人是不是沒有朋友啊？」

小明拿了一疊玩具鈔票到模型店裡買飛機。

店員：「小弟弟，你要買什麼呢？」

小明指了一架很酷的模型飛機，「就是這架飛機！」同時付了一疊玩具鈔票。

店員和氣的說：「小弟弟，你的錢不是真的喔！」

小明一臉不高興地說：「難道你的飛機就是真的了嗎？」

說的也是事實

一位老先生，體能狀況很差，就問健身房的教練：「我想吸引年輕的美眉，請問該使用哪一種機器？」

教練回答：「外面的提款機！」

誤會

一位年輕人第一次到市區，準備到台灣大學附近找朋友，但是繞了一陣子竟然迷路了。

幸好遇見一位文質彬彬、抱著幾本厚書的名教授，便停下來向他請教：「先生，我要怎樣才能到台灣大學去呢？」

名教授思索了一會，很語重心長地說道：「讀書，不斷的努力讀書，我相信，你就一定可以進去台灣大學的。」

語言

某日上課時，某教授完全以英文講解，學生不大聽得懂，請求他加中文說明。

教授站在訓練學生聽力的觀點上說道：「不要害怕聽不懂，學語言就是要多聽。你們每天聽我說英文，久了自然就聽得懂的。」

這時有一位也很天才的學生忽然回答：「咦？可是我每天聽小狗叫，也不知道牠在說些什麼？」

教授：「……」

兔子和熊

有一天，熊和兔子在森林裡玩耍，兩人跑呀跳的，沉浸在自由的歡樂天地中。突然，熊感覺肚子一陣疼痛……

「兔子！我……想上大號！」

「喔！那我們一起去吧，反正我也有便意了。」

兔子很有義氣的陪著熊蹲在草叢裡頭，開始歡樂的大號。

拉到一半，熊看著兔子說：「兔子！你毛沾到大便……沒有關係嗎？」

「沒關係啊！怎麼了？」兔子被熊這樣一問，覺得有點怪。

「沒事，繼續拉！」熊肚子繼續用力，沒多久，又開口問。

「兔子，你的毛沾到大便，沒有關係嗎？」

「喔喔，沒關係啦！到底怎麼了？」

「沒事！」

「上大號一定會沾到一點的啊！洗掉就好了，幹嘛一直問這種問題？」兔子抱怨。

最後，熊拉完屎了，站了起來拍拍屁股，再問：

「兔子，你的毛，沾到大便，真的沒關係？」

「你很煩耶！就跟你說沒關係……」兔子話還沒說完，熊就把兔子抓起來擦屁股了。

說謊的下場

大學有堂微積分課程。而那位老師有個癖好，就是喜歡提問，提問之前必先高聲重復一遍問題。

有一次正在上課，突然老師又提高聲音開始提問，所有同學都恐懼地盯著老師，惟恐被喊到，因爲老師都是以提問來代替點名，而且是看著點名冊提問的，所以大家都不必低下頭。

「二十五號！」老師點道。

一片沉默（小明正在發呆神遊中……）

「二十五號王小明！來了沒有？」老師重覆喊道，頓時整個教室的人都看著小明。

「沒來！」小明大聲喊叫。

全班人都愣住了！不過很快又開始佩服小明的勇氣。

「怎麼沒來？」老師又問。

「他生病了！」小明無奈，只得撒謊，全班一陣哄堂大笑。

「你跟他一樣住宿舍的嗎？」對於莫名其妙的大笑，老師也被搞糊塗了。

「是的。」面對老師的盤問，小明臉都綠了。

「太不像話了，回去告訴他，讓他下午到辦公室來找我！」

全班同學又是一場大笑。

「啊？好。」小明頭皮都開始發麻了，想著下午找誰替我去挨罵呢？就小華吧！唉，又得請那小子吃一頓飯了。

小明正在爲逃過一個問題而慶幸時，老師又說：「那這個問題你替他回答吧？」

「啊？」小明極不情願地站起來，鬱悶之情可想而知，教室裡已經有人笑痛肚子了。

「老師，能不能重覆一下您問的問題？」

「啊！這個問題我已經重覆了三遍了，你怎麼上課的？」

「不好意思，我沒聽清楚！」小明額頭上已經有汗珠了。

「那好我再重覆一遍……」老師說完後，小明沉默了一陣子。

「報告老師，這個問題我不會回答。」小明想了想，反正橫豎都是死，何必死得那麼窩囊呢？於是理直氣壯起來回答。

「很好，下午兩點和小明一起到我辦公室來！」所有同學都笑到流淚。

有種

老師：「小明，站起來回答這個問題。」

小明：「老師，我不會。」

老師：「你自己說，不會該怎麼辦？」

小明：「坐下。」

教導有方

某精神病院裡來了高官視察環境，裡面的醫生為了給這個高官好印象，於是帶這些病人唱一首歌歡迎歌，並且告訴他們說：「等一下長官來的時候大家一起唱歌就可以吃糖果，但是只要有一個人沒唱歌，就沒有糖果了喔！」

沒多久，高官來視察，在醫生的指導下，全部病人都很認真的唱歌，突然有一位病人從隊伍中跑出來，用力的往高官頭頂上敲了一記重拳，然後大聲斥責的說：「你是不想吃糖果了嗎？還不快唱！」

激將法

期中考前。

學生：「老師，這題會不會考？」

老師：「我怎麼知道？」

學生：「這麼沒水準的題目，我想一定不會考的！」
老師：「誰說的！我敢說期中考的填充就有這麼一題！」

有理

老師要學生造一個有「糖」字的句子。
小明造句說：「我正在喝奶茶」
老師生氣的說：「那『糖』在哪裡？」
小明：「在奶茶裡！」

缺錢時的妙招

有一天，小明急急忙忙的跑到廚房對著媽媽說：「快給我一百塊！我就告訴你爸爸昨天對女傭說了什麼！」
媽媽聽了很緊張趕緊給他一百塊接著說：「快！他說了什麼？」
小明：「爸爸說：『這些衣服記得燙平』。」

！才藝表演

有個人上大學面試，當面試官要他才藝表演的時候……
面試官：「請你表演一項才藝。嗯，你的表演是什麼呢？」
他：「嗯……我……我想表演一分鐘內模仿七十四個人。」
面試官此時眼睛放出光芒（一秒要幾個啊？）
面試官：「喔？那就請你開始吧！」
他：「好的，請開始計時吧！」
他：「首先第一個模仿國父孫中山。」

他做出了一個躺著的姿勢。

他：「因爲國父已經往生，往生的人當然是躺在棺材裡。」

面試官：「那下一個？」

他：「接下來是蔣中正。」

然後又做出了一個躺著的姿勢

他：「因爲蔣中正也已經往生，當然也是躺在棺材裡。」

他在此時問面試官：「還有幾秒？」

面試官冷冷的回答：「還有三十秒。」

他：「喔，只剩這樣阿……那我就在剩下三十秒內把剩下七十二個人模仿完。」

於是，他……他又做出了一個躺著的姿勢然後說：「這是黃花崗七十二烈士。」

名次會說話

小明是一個剛進小學讀書的新生。

第一次期中考的成績單發下來後，小明的爸爸對他說：「兒子，希望以後不要每次看到你的名次，就知道你們班上有幾個人好嗎？」

理由

老師：「爲何你們都考這麼爛？」

小丸子：「眼鏡度數不夠……」

小葉子：「我脖子扭傷。」

小貴子：「前面同學個子太高。」

小明：「隔壁同學用鉛筆，我看不清楚……」

學者的實驗

一個物理學家，數學家和化學家一起到海邊去。物理學家說：「我要研究海洋那運動的規律性。」於是就跑向海裡。數學家說：「我要研究海浪潮起潮落時的曲線。」於是也跑向海裡。但過了很久之後，二人都沒有再回來，於是化學家提筆寫下：「物理學家和數學家可溶於水。」

神明顯靈

有一個人爲了簽大樂透跑去廟裡拜拜，求神問卜後，花了幾千萬買了全餐。

結果大樂透開獎之後，他卻輸了幾千萬，於是一肚子火就走向那座廟想要發洩。

他趁著沒有人時候跑去廟裡把佛像丟了出來，最後越想越氣，乾脆又放了一把火把廟給燒掉了，人也就離開了自己的傷心地。

數年後，他又回到了當地，發現那座廟變得非常雄偉。他便去問問當地人，得到的答案是，幾年前廟燒了起來，佛像還會自己跑出來……

！上學和放學

有一天，在幼稚園裡，老師問小明：「你喜歡上學嗎？」

小明：「很喜歡！」

老師心裡很高興！

老師又問：「那你喜歡放學嗎？」

小明回答：「也很喜歡！」

之後……老師又問了小明：「那上學和放學你喜歡什麼？」

小明低頭想了一下，最後他回答：「我很喜歡上學也很喜歡放學，但是就是不喜歡中間那一段時間！」

老師：「@#$%&！」

數學題

在一堂數學課上，老師問同學們：「誰能出一道關於時間的問題？」話音剛落，有一個學生舉手站起來問：「老師，什麼時候放學？」

喝茫的下場

小王與小明是同公司的同事，兩個有共同特點，都愛喝酒。有天下班後，兩個便來到一家餐館，點了酒菜喝起來，酒過三巡，菜過五味，兩人喝的有點不太清醒狀態下，小王問小明：「大哥你平時喝多了，嫂子會讓你進家裡嗎？」

小明馬上藉酒壯膽的說：「唉！我敲門同時，把衣服脫個精光，門一開，把衣服往房子裡面扔，她總不能讓我光的身子在外面吧。」

小王一聽就放心了。之後，兩人分別回家了。

第二天上班，小王碰見小明就問了昨天回家，嫂子真的讓你進房間了的事情，小明臉紅不好意思說，在小王的追問下，小明才緩緩道來：「昨天回去，隱隱約約感覺到家，還沒敲門，門就自動開了，我趕緊把衣服脫個精光，剛扔進去，門自動又關上了，還聽見附近傳出聲音……『下一站，國父紀念館……』。」

！好消息和壞消息

話說小明知道自己得了癌症時日不多，便跑去讓醫生檢查。

隔天醫生通知他說：「我有一個好消息和一個壞消息要告訴你」

小明：「好消息是……？」

醫生：「你還有兩天可活。」

小明：「那壞消息是……？」

醫生：「我昨天忘記通知你。」

操作方式

話說電腦課是現在的學生必上的一門科目，對於小明而言卻是讓他一輩子都忘不掉的記憶。

一天，台上的老師滔滔不絕的講述著電腦的使用方法：「來，各位同學，現在請將滑鼠移到螢幕的右下角。」

大家移動著滑鼠，只見小明一個人把滑鼠「拿」起來，「放」在螢幕的右下角。

教訓的時機

客人來到家裡，媽媽跟小明小聲說話後，要他傳話給爸爸。

此時，爸爸說：「你有什麼話就大聲說，在客人面前講悄悄話是最不禮貌的。」

小明只好大聲的說：「媽媽要你不要留客人在家吃飯，因爲家裡沒有買菜。」

解答

老師：「如果你的褲子的一個口袋裡有二十元，而另一個口袋裡有五百元，這說明什麼？」

學生：「這說明著，我穿的不是自己的褲子，是別人的！」

我媽也會

美術課上，老師對小學生們講解：「瑞諾茲先生最傑出的畫技是他只要稍微動動手，就能使一張笑臉變成一張哭臉。」他指著牆上兩幅畫說。

約翰突然站起來，大聲說：「這沒什麼了不起，我媽也會這樣對爸爸做。」

氣死老師

有一位哲學系的老師在期中考時只考了一題申論題：「什麼是勇氣？」

就當大家拼了命在想怎麼寫時，小明同學交卷了，只有五個字：「這就是勇氣！」

到了期末考，老師依然是只考一題：「這就是題目，請作答。」

大家依然不會寫。又只有那個學生很快交卷了：「這就是答案，請給分！」

老師氣不過，大叫：「小明！你給我過來，我有兩道題目問你，你若答出第一題，就可以不必回答第二題！」

老師：「你的頭髮有幾根？」

小明：「一億兩千萬三千六百零一根。」

老師：「你怎麼知道？」

小明：「這一題不用回答。」

誰比較厲害

有三隻老鼠常在一起聊天。有一天，三隻老鼠又在酒吧相遇，第一隻喝了一杯威士忌，喝完就碰的一聲，將酒杯放在吧台上說：「我家主人放的那捕鼠器，我根本不放在眼裡，我都把那上面的乳酪吃掉，再拿它來練臂力。」

第二隻老鼠聽了後，不以爲意地喝完五百CC的啤酒後，碰的一聲，也將酒杯放在吧台上說：「我都把我家主人放的毒老鼠藥磨成粉當作古柯鹼來吸。」牠做了一個吸毒的動作。

第三隻老鼠聽完後，點了一杯兩千CC的超大杯啤酒，一口氣喝完，碰的一聲把酒杯放在吧台上轉身就走，其他兩隻老鼠訝異的問：「嘿！你呢？你都不說話？」第三隻老鼠聽到後，轉過身來說：「我要回家打我家主人的貓……」

情書

我把你的名字寫在天空裡，可是被風吹走了
我把你的名字寫在沙灘上，可是被海沖走了
我把你的名字寫在每一個角落……可是我被警察抓走了！

！我是誰

在一個企業俱樂部的舞會上，一個年輕的男職員提醒他偶遇的舞伴說：

「妳爲什麼一直看著位置上的男士，他是個白癡。」

「他不是你們的經理嗎？」女人好奇的問。

「是的。」男的答道。

「那你知道我是誰嗎？」

「不知道。」

「我是你們經理的妻子。」女人冷冷的說。

「是喔。」男職員毫不慌亂的問：「但是，你知道我是誰嗎？」

「不知道。」

「呼！好險。」

誠信和智慧

一個成功的企業家告訴他的孩子：「一個成功的人要具備誠信與智慧兩個必要條件。」

孩子：「什麼是『誠信』呢？」

父親：「誠信就是明知明天要破產，今天也要把貨送到客戶的手上。」

孩子：「那什麼是『智慧』呢？」

父親：「不要做出這種傻事！」

說謊不打草稿

有個珠寶商人驚慌失措地衝進警察局報案，對著警官說：「剛才，有一輛箱、箱、箱型車開到我的店門前，車門打開，從裡面跑、跑、跑出來一頭大象。那畜牲頂、頂破了櫥窗的玻璃，伸出長鼻子，把珠、珠、珠寶全捲跑，然後又鑽到箱型車裡，那車就開、開、開走了！」

做風嚴謹的警官問道：「竟然有這種事？你看清楚匪徒的樣貌了嗎？那是一頭非洲象還是亞洲象？」

珠寶商：「牠們有什麼區別？」

「亞洲象的耳朵小一點，非洲象的耳朵大一點。」警官解釋說。

「我的天，你以前沒有辦過搶劫案嗎？」珠寶商喊起來，「牠的頭上套著絲襪呢！」

殺豬的

小明是一位勤奮好學的學生，他利用寒暑假兼職賺取學費。白天幫肉販割肉，晚上則到醫院工作。

某晚，有位老婦因急診要施行手術，由小明用滾輪式病床推她進手術室。老婦看了他一眼，突然驚惶失色的大喊：「天啊！你是那個菜市場殺豬的，你想要把我推到哪裡？」

高明的造句

課堂上，老師讓大家用「發現」、「發明」、「發展」造句。

一位同學站起來說：「我爸爸發現了我媽媽，我爸爸和我媽媽發明了我，我漸漸發展長大了。」

湖中女神的故事

有一天雞農掉了隻雞在湖裡，湖中女神問他你掉的是金雞？還是銀雞？

雞農誠實的說他掉的是普通的雞之後，女神把三隻都給了他，金銀雞生雞銀蛋，雞農從此過著富裕的生活。

鴨農得知此消息，故意把鴨丟進湖裡……於是鴨就游走了。

酒桶

某人聖誕節前夕買了一大桶好酒放在戶外，以便聖誕節夜晚上與鄰居朋友們分享。

距離聖誕節夜晚上還有二十二小時，他發現酒已經少了四分之一，便在酒桶上貼了「不許偷酒」四個大字。

距離聖誕節夜晚上還有二十小時，酒又少了四分之一，他非常生氣又貼了

「偷酒者殺無赦」六個大字。

距離聖誕節夜晚上還有十八小時，酒還是被偷，只剩下了四分之一，他的都快氣炸了！他的一個朋友知道了此事，就對他說：「笨蛋！你不會在酒桶上貼上『尿桶』二字，看誰還敢偷喝！」

他覺得挺有道理，就照辦了。

距離聖誕節晚上還有十二小時，他才剛起床，迎接美好的早晨的時候……酒桶已經滿了。

嚼口香「痰」

有一天上課時，老師看見小明在吃口香糖，嘴巴嚼來嚼去的，老師發現後叫了他出來責備他不該上課嚼口香糖。

小明說：「報告老師，我沒有。」

老師就檢查他嘴巴，發現空無一物，不一會，小明嘴巴又在嚼來嚼去的，老師又叫他出來，但是結果一樣沒發現軟糖或口香糖。

到了第三次，老師忍不住了問他，我不處罰你，但你要告訴我你到底在嚼什麼？

小明說：「最近有點感冒，痰比較濃……」

神奇的豆子

有一天蘋果和草莓在聊天。

蘋果：「爲什麼豆子會飛？」

草莓：「因爲它是魔豆？」

蘋果：「不！因爲它是神奇的豆子。」

蘋果：「爲什麼青蛙會飛？」

草莓：「因爲牠是神奇的青蛙。」
蘋果：「不！因爲青蛙吃了神奇豆子。」
蘋果：「請問老鷹爲什麼會飛？」
草莓：「因爲老鷹吃了神奇豆子的青蛙。」
蘋果：「笨！老鷹本來就會飛了啊！」

太誇張了吧

最近颱風剛過，小明打了通電話連絡好友。
小明：「嗨，小王，你們那邊災情怎麼樣？」
小王：「還好，我家淹水只淹到膝蓋。」
小明：「喔，那還好……等、等一下……你們家不是住十樓嗎？」

厲害的老師

話說每到了期中期末考，學生們為了學分無所不用其極，而老師們為了防弊，其技術也是日新月新。

有天老師說要進行小考，只考二十題選擇題，班上同學馬上相約要互相照應。

就在同學互相抄寫完後，老師竟在收卷時要同學把考卷依照A、B、C、D卷分類疊好，同學們都大呼上當了！

後來，期末考到了，大家就學聰明了，一拿到考卷就先檢查右上角有沒有標示著ABCD，發現沒有後，許多同學又開始「左顧右盼」。

後來到了要交卷的時老師在講台上宣布：「考卷是用細明體印的交到左邊第一排，考卷是用行書體印的交到左邊第二排，考卷是用楷書體印的交到右邊第一排，考卷是用細黑體印的交到右邊第二排！」

「@#$%&！」台下的同學們倒成一團。

因禍得福

有一架飛機，上面載著一位總經理、一個年老的博士、一個年輕的博士和一個小學生，外加一個駕駛員，總共五個人。

但是，這架飛機中途墜機了，卻只有四個降落傘，駕駛員先搶了一個降落傘跳下去。

總經理說：「我還有好幾家大公司要管理，我不能死！」

年輕的博士說：「我還年輕，我不想死！」

他們兩個也各自搶了一個降落傘跳下去。

年老的博士跟那個小朋友說：「我老了，再活也沒多久，那個降落傘就給你好了。」這時候小朋友微笑的對他說：「不用了，我們兩個人都有降落傘。因爲剛才不知道是誰背著我的書包跳下去了。」

故技重施

園丁在果園抓到一個偷蘋果的小孩，在送小孩去見園主的路上，小孩說把帽子忘在果園裡了，園丁說：「好吧，你去拿，我在這等你」，結果小孩一去就沒回來了。

一星期後，園丁又捉到同一個小孩，「這次我一定要抓你去見園主！」

「等一等，先生，我把帽子忘在果園裡了。」

這時園丁胸有成竹說道：「這次你騙不了我，你在這等我，我幫你去拿！」

偷看日記

某日，小明向媽媽告狀

小明：「媽！姊姊偷看我的日記啦。」

媽媽：「你怎麼知道？」
小明：「她日記上寫的！」

！小明與魷魚

某天，小明正在釣魚，結果釣到了一隻魷魚。
小明：「我要把你烤來吃！」
魷魚：「拜託你不要烤我……」
小明：「好吧！假如你答對了我的問題，我就放過你。」
魷魚：「快點快點！考我考我！」
結果小明就把那隻魷魚烤來吃了……

服藥時間

護士：「喂！醒醒啊！醒醒啊！」

病人從睡夢驚醒看著她：「幹什麼？」

護士：「你服安眠藥的時間到了！」

病人：「@#$%&！」

算數

課堂中，老師說：「如果我分別給你1隻、2隻、3隻狗，那你共有幾隻狗？」

學生說：「7隻！」

老師疑惑的又問了一遍：「如果我分別給你1隻、2隻、3隻狗，那你共有幾隻狗？」

學生仍說：「7隻！」

老師不肯放棄，決定用另一種方式問：「如果我分別給你1瓶、2瓶酒、3瓶酒，那你共有幾瓶酒？」

學生說：「6瓶！」

老師說：「太好了！同理可證。我分別給你1隻、2隻、3隻，那你共有幾隻狗？」

學生說：「7隻！」

老師實在受不了：「你是豬啊！你怎麼算出7隻的！」

學生慢慢地回答說：「我家已經養了一隻狗，你給我6隻，那我家不就有7隻了嗎？」

某公司舉辦大力士比賽，比賽項目是空手榨柳丁汁。

第一位出場的是一位大學生，肌肉結實，手一捏，柳丁的汁竟然裝滿了一整杯。

主持人大驚：「這位先生，您是……」

大學生：「我是體操選手，專練單槓的。」

第二位出場的是一個身著軍服的年輕人，彎腰拾起大學生捏的柳丁，手一捏，竟然又擠出半杯。

主持人嚇呆了：「您……您……」

軍人答：「我是海軍陸戰隊的。」

第三位出場的是一位光著上身的中年人，全身肌肉橫生，上臂肌竟然比頭還要大，

用手接過那已乾扁的柳丁，用力一捏，竟然又流出了兩三滴！

主持人已合不攏嘴：「……」

中年人答：「別驚訝，我是練北斗神拳的……啊喳！」
就在大獎要底定之時，突然走上來一位乾癟的老頭。
主持人：「喂喂！這位老先生想必您走錯了攝影棚了……」
說那時那時快，老頭從垃圾筒撿起已被三個人捏乾掉的柳丁渣，輕輕一捏，柳丁汁竟然如瀑布般噴出！
全場一陣驚訝，主持人腳一軟：「您……您、您是……？」
老先生：「俺在中華民國國稅局工作的！」

! 站在哪一邊

小明的媽媽口沫橫飛地對著鄰居數落自己先生的不是，正巧她可愛的兒子小明放學回來。
母親心想小明跟自己最親近了，因此就問他：「如果爸爸媽媽吵架了，你會站在哪一邊？」

小明想了想說：「站旁邊！」

講求證據

有兩隻蚊子，一隻喝飽了血，一隻空著肚子，妻子要當法官的丈夫去打蚊子，法官一下子就把喝飽血的蚊子拍死了，但是對另一隻卻遲遲不動手。

妻子感到疑惑，就問爲什麼？

結果那位法官老公輕輕地說：「因爲證據還不足……」

價值不斐

一個富翁戴著愛犬出國旅遊，在一個小鎮上，他的愛犬突然失蹤了，他便急忙找到當地一家報社，要求刊登一個《尋犬啓事》，並說誰為他找到愛犬，將獲得一萬美元的酬勞。

富翁等到晚上，還不見晚報出版。他又跑到報社去問，只有一個守門的警衛在那裡。

富翁問：「難道今天不出晚報了嗎？」

「是的，先生。」警衛不急不徐的說。

「為什麼？」

「因為報社所有的人都上街找狗去了。」

糊塗醫生

有一位先生到醫院和醫生說：「我最近聽力很不好，自己放屁也聽不到。」

醫生說：「那我幫你開藥，讓你放屁更大聲。」

患者：「@#$%&!」

! 虛偽的聰明

甲和乙兩個同事，什麼都愛比較……某天，兩人又開始比誰家的寵物聰明。

甲：「我家的貓最聰明了！譬如問牠：『拜拜要去那？』牠就會回答：『廟』。」

乙也不甘示弱地說：「我家的狗才聰明咧，什麼都會！問牠：『拜拜要用什麼？』，牠就會回答：『旺旺！』。」

連續劇的影響

有一天，才二年級的小明就跟老師說：「老師我可不可以升三年級……」

老師就說：「爲什麼？」

小明說：「因爲我不想當小三……」

備胎計劃

一天小明要去相親，因爲沒看過對方，擔心她長得太醜，於是交代朋友十分鐘後打他的手機，就可以藉回覆電話趁機遁逃。

到了之後，小李發現女方驚爲天人，於是心想待會手機響不要回就好。

突然，美女的手機響了。

美女說：「對不起，朋友找我有事，我要先走了……」

！自以為是

在班上，小明和小美在說話，忽然小明一本正經的說：「小美，我有一件重要的事想跟妳說……」

小美一聽，很得意的撥撥頭髮說：「幹嘛？」

小明忍住不笑的說：

「妳的鼻屎黏在嘴角好久了……」

！法官與證人

法官：「證人，在法庭上作供時，只要說出自己親眼看見的就可以了，不要說聽別人講的，懂嗎？」

證人：「是，我懂了。」

法官拿出資料審核了一會，準備開始應訊。

法官：「好，那麼，首先說出你的出生地和出生日期。」

證人：「法官，我無法回答，因爲這些全都是聽我媽說的。」

這就是結果

有一群蝙蝠很久沒喝到血了，大家都餓的發慌。有一天，有一隻蝙蝠滿口血的飛了回來，大家就一直問他：「你去哪裡找到的血？」

牠說：「你們有看到前面那棵大樹嗎？」

大家說：「有啊！有啊！」

牠說：「我剛才就是沒看到那棵大樹，才撞上去的……」

專業顧問

一個財務專業顧問收到新印的名片後，氣急敗壞地打電話向印刷廠抗議：「你們搞什麼鬼？我的名片印成『專業顧門』，少了一個口啦！」

「對不起、對不起！我們馬上幫您重印！」

數日後，重新印的名片寄來了……上面頭銜印的是「專業顧門口」！

！見鬼了啦

有一天，小明和他兒子在家，突然兒子問他說：「爸這世界上有沒有鬼？」

小明說：「這世界上當然沒有鬼啊！」

兒子：「真的嗎？」

小明說：「當然是真的啊！」

兒子：「可是保母跟我說這世界上有鬼耶！」

小明說：「那我們就趕快搬走吧！」
兒子：「為什麼？」
小明顫抖的說：「因為，爸爸根本就沒有請保母啊……」

今天吃什麼

有一個人肚子裡長了一條蛔蟲，他趕緊到醫院檢查，醫生請他脫掉褲子，接著醫生灌了些奶油到他的屁股裡，然後跟他說：「你明天再來一次，第三天就會好了！」

他原本半信半疑的，但是礙於專業的問題，第二天他又來了，結果醫生又灌了些草莓果醬到他的屁股裡，然後又讓他回家明天再來。

第三天他來了，褲子脫掉後，他屁股裡的蛔蟲探出頭來問：「今天吃什麼口味啊！」

結果那條蟲就被醫生趕緊抓起來了……

有媽媽的味道

晚飯後，林小姐全家人在客廳裡看電視，正要吃水果的時候，向來端莊的林小姐忽然放了一聲響屁，由於她剛認識的男朋友也在座，陳小姐的臉頓時紅了起來，一時氣氛頗爲尷尬，這時林小姐的妹妹忽然冒出一句：「嗯！有媽媽的味道。」

完了

在一家女裝店裡，一位年輕的先生枯坐著等待他太太衣服。

十五分鐘過去，他太太總共試穿了五套衣服，當他太太再度由更衣室出來時，他上下打量了太太一番後，說道：「很好，很好，這件衣服很合身，就買這件吧！」只見太太一臉不悅的說：「親愛的，我們今天出門時，我穿的就是這件耶！」

弄巧成拙

學長爲了逃避兵役，在體檢前一天喝一堆咖啡，想讓自己血壓升高，但檢查通過了，他覺得很沮喪。

過了一年，他在一次演習中受傷，去治療時，護士看到他的血壓，問他：「是誰讓你入伍的？」

學長回答：「有什麼問題嗎？」

護士說：「你血壓那麼低，怎麼會通過體檢呢？」

小明的解釋

有一天，老師要大家寫出詞語的意思，而小明卻和大家寫的不一樣：

1、可愛：可憐沒人愛

2、聰明：沖馬桶第一名

3、勇敢：擁抱電線杆

4、瀟灑：消化不良，大便亂灑

5、超人：超車撞死人

6、總統：總務處的垃圾桶

7、暖器：暖羊羊愛生氣

8、天才：天生的蠢材

不盡責的演員

飯店失火，正巧有一名知名的女演員住在飯店裡。

「快跳呀！」消防隊員喊道：「我們會用緩衝墊接住妳的！！」

「不！」女演員大叫：「去跟導演說，我需要一名替身！」

意外事件

小明的心情很差，因為他的好朋友喬治因為在便利商店推銷集八點玩具「草泥馬」，就被打成重傷，全身上下插滿管子。有一天小明去醫院看他，突然他身體抽動，好像有話要說。

小明：「朋友，你是否有話要跟我說？」

喬治點點頭，後來小明說：「你現在還不能說話啊！我給你紙和筆，你寫下來給我看！」

結果喬治寫了幾個字便死了，小明傷心的看他寫了什麼……結果竟然是：

「閃開啦！你踩到我的氧氣管了啦！」

！時髦的父親

中年的父親正坐在電腦前給他兒子發Facebook消息：「親愛的兒子小明。好久不見，最近過的好嗎？爸爸媽媽都很想念你，妹妹也已經長高了一點點。你也不要天天上網，記得多運動，如果有空的話……關掉電腦，下樓來跟我們吃頓飯可以嗎？」

！根本不甜

有一天有個女客人點了一杯烏龍綠。

老闆問她：「冰塊？」

女客人說：「正常。」

老闆又問：「那甜度呢？」

那個女人把手指放在臉上說：「跟我一樣甜——」

然後老闆默默轉頭對後面的人喊：「烏龍綠無糖一杯！」

！現實生活

爸和五歲的兒子玩遊戲，爸爸突然想到要玩角色互換，就告訴兒子：「來從現在開始，你當爸爸我當小孩。」

五歲兒子聽完很高興，一邊拍手一邊說好，接著馬上臉一沉，指著牆角說：「現在給我去罰站！」

房子大小

女兒：「爸爸，爲什麼人家的屋子那麼大，我們的屋子卻那麼小……」
爸爸：「因爲爸爸沒錢嘛！」
女兒：「那怎樣才能賺多多的錢？」
爸爸：「妳要現在要用功讀書，長大以後才會找到好工作，賺多多的錢呀！」
女兒：「那你爲什麼小時候不好好讀書？」
爸爸：「……」

放屁

有一次，我在看電視，爸爸從小明身邊走過，「噗——」的一聲，小明很生氣。

爸爸：「屁是人的真氣，有緣的人才聞的到。」

小明：「……」

為什麼不是換你媽

男子想跟妻子離婚娶小三，但又害怕傷害到五歲的女兒。

於是哄著女兒說：「媽媽老了，不漂亮了，給妳換一個漂亮年輕的媽媽好不好？」

女兒想了想，說：「才不要呢！你媽那麼老，爲什麼不是換你媽！」

誰厲害

中央情報局（CIA），聯邦調查局（FBI）和洛杉磯警察局（LAPD）都聲稱自己是最好的執法機構。爲此美國總統決定讓他們比試一下。於是他把一隻兔子放進樹林，看他們如何把兔子抓回來。

中央情報局派出大批調查人員進入樹林，並對每棵樹進行訊問，經過幾個月的調查，得出結論是那隻所謂的兔子並不存在。

聯邦調查局出動人馬包圍了樹林，命令兔子出來投降，可兔子並不出來，於是他們放火燒毀了樹林，燒死了林中所有動物，並且拒絕道歉，因爲這一切都是兔子的錯。

輪到洛杉磯警察局，幾名警察進入樹林，幾分鐘後，拖著一隻被打得半死的浣熊走了出來。浣熊嘴裡喊著：「OK、OK！我承認我是兔子可以了吧……」

！考試題目我看完了

有一天，爸爸問小明說「你明天不是考試？書看完了嗎？」

小明說：「明天的考試我看完了！」

爸爸說：「小明真聽話。」

隔天小明考了鴨蛋，爸爸生氣的問爲什麼有看書還考零分。

小明無辜的眼神說：「我誠實的說了呀，我說『明天的考試我看，完了！』……」

兩小無猜

有一天小學學生下課的時候，小明拉著班上的班花到一個學校非常隱密的角落，小明突然把班花壓在牆上，讓她不知所措。結果，那美麗的臉龐，因爲小明嘴不斷的向班花逼近，越來越近……越來越近，近到連鼻尖都快要碰到她了，結果小明突然冒出一句：「妳向我借的十元，現在可以還我了吧？」

情書

小明很喜歡坐同一部校車的一位女生……

一天，他鼓起勇氣傳紙條給坐在後面的女生，紙條上寫著：「我是小明，我很喜歡妳，如果妳願意跟我作朋友，請把紙條傳回來；如果妳不喜歡我，請把紙條丟到窗外去。」

過了一會兒，女生把紙條慢慢傳回來了，小明高興地把紙條打開……

紙條上寫著：「窗戶打不開！」

司馬光砸缸

古時有個孩子叫司馬光，他和小朋友玩耍時，有個小朋友掉進了盛滿水的水缸。

小朋友們慌了哭著找大人。司馬光沒慌，搬起大石頭向水缸砸去；水流出來後，小朋友得救了，大家都誇司馬光說：「你真聰明！這招我們學會了！」

第二天，他們去河邊玩，這次換司馬光跌落河中。小朋友們沒有慌，他們冷靜的搬起一塊塊石頭向河裡砸去。

司馬光：享年9歲。

！打架

學期結束後，兒子把成績單交給父親，父親看了勃然大怒，往兒子臉上就是一巴掌，罵道：「你在學校裡爲什麼一天到晚打架？」

兒子委屈地說：「我沒有啊！」

父親聽了，又是一巴掌：「你還嘴硬！成績單上導師的評語明明寫著『經常和同學打成一片』，難道老師冤枉你嗎？」

睡不好

某日上課，老師很生氣地對小賀說：「爲什麼上課在打瞌睡？」

小賀很無辜地摸摸頭說：「人家上一節沒睡好嘛！」

裸體

有位太太打電話到警察局說：「警察先生，隔壁大樓有位男子裸露身體。」

警察說：「女士，我們馬上就到。」

（五分鐘後，這位警察到達現場）

警察問：「在那裡？女士！」

太太說：「就在這裡，警察先生。他依然我行我素，毫無羞恥地裸露著。」

警察問：「到底在那裡？女士！我並未看到任何裸體男子。」

太太說：「你必須使用望遠鏡才能看到他！」

早餐

有一天，一個教授一大早要上解剖課……

教授：「同學們，我們來解剖青蛙！」

同學們興奮的大叫：「好！」

但教授的袋子一打開，只見到一個三明治滾了出來，沒看到半隻青蛙，只見教授喃喃自語的說：「奇怪！我記得我已經吃過早餐了啊？」

原來如此

小明家養了一隻狗，有一次他們請一位客人來吃東西，客人進來的時候，狗還對客人搖尾巴。不過那位客人跟小明家人一起吃飯時，那隻狗一直盯著看他，吼個不停，好像很生氣。

那位客人十分不安，就對小明的爸爸說：「你們的狗看起來好像很兇哦！」

小明的爸爸還沒有回答，小明就跟客人說：「不會啦！牠平常不會那麼兇啦！只是因爲你用牠的碗吃飯，牠才會這樣。」

可怕的空姐

某日，小賀搭某航空公司飛機從桃園飛往日本，剛好小賀的姊姊是在這班飛機上當空姐。姐姐在家裡曾向小賀交代：「上飛機不要吵到別人，也不要亂要東西給我的同事增加麻煩。」

小賀在座位上安份守己乖乖的坐著，但姐姐的同事卻認出了小賀，特別拿了罐可樂給他喝，姐姐不久之後過來巡查時看到了，順手就拿起手上的雜誌書捲起來，往他的頭上就是猛力一敲，說：「就叫你不要麻煩別人了，你還講不聽！」

之後，這班飛機的後艙在整個旅程都安安靜靜，因爲目睹這一切的旅客，沒人敢跟空姐點飲料或是要雜誌了……

！誰才是瘋子

甲：「我家新搬來的鄰居真可惡，昨天三更半夜夜深人靜之候，竟然跑來猛按我家的門鈴。」

乙：「的確可惡！你有沒有報警？」

甲：「沒有！我當他們是瘋子，繼續彈我的吉他。」

票價

小賀：「大姐姐，一張鋼鐵人3的電影票多少錢？」
售票員：「兩百元。」
小賀摸摸口袋，眼睛一亮的說：「我只有一百塊，能讓我進去嗎？我保證只用一隻眼睛看就好了。」

付帳知男女

想知道男人和女人的感情狀況，便要看他們付帳時的態度，當男人完全不看帳單便付錢並慷慨地付小費，就代表他正在追求這個女人。
當他開始留意帳單上的項目，他已經把這個女人追到手。
當他開始翻查帳單，並埋怨收費太高，他跟這個女人感情十分穩定。
當他只是瞄了一下帳單，然後由女人付帳，則這個女人已經成為他的太太，並掌握他的經濟大權。

當女人完全不看帳單，只留意男人付多少小費，代表她剛剛開始和這個男人交往。

當她開始留意帳單上的項目，並囑咐男人不要付太多小費時，代表她已經愛上這個男人。

當她埋怨男人翻查帳單，又批抨他付小費太吝嗇，顯然她並不愛這個男人。

當她開始翻查帳單，並埋怨男人付太多小費，她已經成爲他太太。

！父債子還

太太要先生幫她洗碗，先生不好意思回絕，於是把十歲的兒子叫到跟前，和顏悅色的跟他說：「孩子，現在讓你練習洗碗，以後可以幫太太的忙。」

兒子一臉抱怨的說：「不必了，以後我可以叫我兒子洗。」

喜訊

「喂，請找小明經理。」

「喔，對不起，我必須告訴你，小明經理因爲上個星期車禍去世了。」女祕書說。

「啊！怎麼會……」對方一聽，感到非常驚訝地掛斷電話。

不久女祕書的電話又響起：「請問小明經理在嗎？」

「咦？剛剛不是告訴過你，小明經理已經去世了嗎？」女祕書一下就認出來是剛才那個男人的聲音，只能再次說明著。

「噢！對喔……」對方又把電話掛了。

過了十分鐘，女祕書電話又再度響起：「請問小明經理在嗎？」同一個男人又問了這件事。

女祕書被這個男人氣瘋了，大吼著：「我不是告訴你兩次了，小明經理已經去世了！請你不要再打電話來了好嗎？大家都很難過了！」

「好啦……我只是聽妳說小明經理去世的消息，心裡很高興，想多聽幾次罷了。」

蒼蠅

有個人在快餐店裡面吃飯，卻突然在他的咖啡裡發現一隻蒼蠅。

他氣急敗壞的把服務生叫來，說道：「你看看這是什麼東西？」

服務生看了看，用一副不屑的眼光說：「不過是一隻蒼蠅嘛，不用擔心啦！牠喝不了你多少咖啡的啦！」

烤肉

老師：「下星期五，學校要舉行春季遠足，要大家提出一個可以烤肉的地點。」

小明：「老師到動物園烤肉最好了，因爲那裡什麼肉都有！」

下一次

小明每次參加親朋好友的喜宴都會帶自己的小兒子一起去，而他小兒子有個習慣就是好玩的地方、好吃的東西，都要求下一次一定要再帶他去。

有一天晚上，二人吃完喜酒準備離去，小明的兒子在經過新娘旁邊時，大聲的對著他說：「爸爸，這個新娘雖然不好看，但是他們的螃蟹好好吃喔！這個阿姨下一次結婚時候，你還要再帶我來喔！」

另類的批評

客人：「我在想剛剛吃的這頓飯，如果早一星期來這裡就好了！」
老闆：「先生，實在太謝謝你的捧場了……」
客人：「是啊！這樣的話，這條魚一定會更美味……」

標點符號

在一次語文課上，老師給同學出了一道題：「如果世界上女人沒有了男人就不活了。」

要同學們在中間加標點符號，結果所有的女生都是：「如果世界上女人沒有了，男人就不活了。」

而男生的一律是：「如果世界上女人沒有了男人，就不活了。」

老師教的對

小明眼看上學要遲到了，於是翻牆進入校園，沒有想到雙腳才一著地，就看到教官擺著一副臭臉站在他背後。

教官：「遲到就算了，竟然還爬牆！難道你們國文老師沒教過『偷雞不著蝕把米』的道理嗎？看吧！被我捉到了吧！」

小明：「報……報告教官！我只記得數學老師說：『兩點之間，直線最近！』」

解決措施

火車站長被一個新聞記者訪問著，站長說：「小姐，你們民眾抱怨我們對火車誤點沒有採取任何措施，這是抹滅我們努力的，難道你們沒有注意到我們在候車台上又增加了三條長椅了嗎？」

我要贏的那隻

有一次小明在飯店裡用餐，女招待員送來一隻缺了腿的龍蝦，他毫不掩飾地表示自己的不滿，服務員解釋說，在蓄養池裡的龍蝦有時會互相咬鬥，吃敗仗的龍蝦往往會變成殘肢少腿的。

「那好，請把這隻端走。」小明吩咐道：「把鬥贏的那隻給我送來。」

鬥牛

小明到一家有名的餐廳吃飯，聽說那有一道菜叫雙龍吐珠，當這道菜端上來時，掀開鍋蓋裡面有兩駝大大的東西，小明吃了一口說：「哇！真是美味！」就問老闆這是什麼。

老闆：「這是鬥牛場上牛死掉後的下面兩顆東西。」

小明覺得這東西對身體不錯，就把它吃光了，後來小明覺得意猶未盡，再到那家店裡去吃，這回老闆送上食物打開蓋子……

「喔！怎麼變這麼小了？」

老闆答道：「鬥牛不一定每次都是人會贏的……」

有修養的教訓

小賀是個很有修養的人，在餐桌邊坐了一陣子，最後終於看到服務生走過來關心他。

「您想吃點什麼？」服務生問。

「剛進來時我想吃早餐。」小賀笑著說：「現在我想大概該吃午餐了。」

換誰吃藥

一位獸醫有事要外出，出門前交代他的助手，要記得餵診所內一匹受傷的馬服藥，他說：「你只要拿根管子放入馬的嘴巴，再將藥丸放入管內，然後對著管子吹氣就可以了。」

說完便放心的離開。不久獸醫回來竟然發現助手病奄奄得躺在地上。

醫師問：「發生了什麼事？」

助手回答說：「我沒料想到那馬肺活量比我還強……所以就……」

！

何處有慈悲

小沙彌問正在打坐的老僧：「師父，何處有慈悲？」

老僧抬起右手，指了指門外，閉目不發一言。

小沙彌頓悟了：「原來世間眾生萬物，無論是達官貴人，販夫走卒，還是花鳥蟲魚，一草一木，處處皆有慈悲啊。」

老僧看小沙彌站那裡不動，便說：「門外桌子上，白色的那個就是瓷杯！」

結婚前結婚後

結婚前：往下看↓

他：「太好了！我期盼的日子終於來臨了！我都等不及了！」

她：「我可以反悔嗎？」

他：「不，妳甚至想都別想！」

她：「你愛我嗎？」

他：「當然！」

她：「你會背叛我嗎？」

他：「不會，妳怎麼會有這種想法？」

她：「你可以吻我一下嗎？」
他：「當然，絕不可能只有一下！」
她：「你有可能打我嗎？」
他：「永遠不可能！」
她：「我能相信你嗎？」
←結婚後：往回看

年紀、學問、笑話

一個秀才，在六十歲那年，才生了一個兒子，因爲這麼大的年紀才生的，就取名爲「年紀」。第二年又生了一個兒子，看相貌似乎比較聰明，像個讀書的樣子，便取名「學問」。

誰知第三年又生下一個兒子，秀才摸摸鬍子笑道：「沒想到這麼大年紀還一連生了三個兒子，真是笑話啊！」於是給小兒子取名為「笑話」。

三個兒子長大了。有一天上山砍柴，秀才問哪一個兒子砍的柴多。他的妻子說：「年紀一大把，學問一點也沒有，笑話倒有一堆。」

！世界上最強的武功

國際大會最近再討論哪個國家的武功最厲害。

中國第一個跳出來說：「你們沒看到葉問嗎？當然是中國！」

日本說：「哈！什麼中國武術？我們柔道才是最厲害的！」

韓國：「你們都不要爭了！都是韓國起源的。」

台灣只說了一句話，大家都認輸了……

「我們台灣是油電雙掌（漲）。」

海嘯是什麼

女兒：「爸爸，什麼是海嘯？」

爸爸：「平時呢，是我們去看大海；海嘯呢，就是大海來看我們……」

驕傲的錯

小明打電話到辦公室找爸爸。

爸爸聽到電話的聲音知道是兒子的聲音，便對他開玩笑地說：「他是全世界最聰明和最能幹又和藹可親的人，請問你找他嗎？」

小明聽了，連忙說：「對不起，我打錯電話了。」

香菇

精神病院有一位老太太，每天都穿著黑色的衣服，拿著黑色的雨傘，蹲在精神病院的門口。

醫生就想著，要醫治她，一定要從瞭解她開始，於是那位醫生也穿黑色的衣服，拿著黑色的雨傘，和她一起蹲在那邊。

兩人不言不語的蹲了一個月。那位老太太終於開口和醫生說話了：「請問一下，你也是香菇嗎？」

搶劫

一群劫匪在搶劫銀行時說了一句至理名言：「通通不許動，錢是大家的，命是自己的！」

大家都一聲不吭臥倒在地上。

劫匪望了一眼躺在桌上四肢朝天的出納小姐，說：「請妳躺文明一點！這是劫財，又不是劫色！」

不識貨

小美長得很漂亮，身邊總是會有一堆男生跟著她，於是小美不耐煩的跟小明抱怨說：「爲什麼我身邊總是會有一堆蒼蠅飛來飛去的？」

小明說：「可能是因爲妳長得像大便吧？」

司機的幽默

上班時段，交通如同以往一般擁擠，公車上擠滿趕著上班、上學的人。突然公車停了下來，大家都嚇一跳。

大家你看我、我看你想著說怎麼回事？這時，公車司機站起來了，對乘客們說：「很抱歉，這台公車壞了，它常常會突然熄火。」

大家更是緊張了，想說是不是應該趕快下車換另一班公車呢？

司機接著說：「不過呢，我這公車有一個奇怪的毛病，只要在發動前，全部的乘客都起立，並且在發動的同時，大家用力跳一下，這樣，車子就可以發動了。」

乘客們議論紛紛，不過大家爲了趕時間，都答應幫忙公車司機。

「來來來，希望大家配合，我數一、二、三，三的時候，請大家用力跳，越用力越好。」

「一、二……」

「好，注意囉，只有一次機會喔！」

「預備……一、二、三！」

「跳」一聲令下，全公車上的乘客奮力一跳；這時，公車真的發動了，大家正鬆一口氣時……

公車司機又說了：「謝謝大家的合作，今天是四月一日，愚人節快樂！」

乘客們：「@＃$％&！」

三個傻兄弟

某天三兄弟在公園裡散步時看見路中間有坨東西，看起來像大便。

大哥說：「我們最好檢查一下。」

他彎下腰深吸了一口氣，「唔！聞起來像大便！」

二哥不很相信，走上前去，把手指插進去，「嗯，摸起來也像大便！」他說。

三弟很懷疑地走上前戳了它一下，再放進嘴裡，過了一陣子吐了出來說：

「呸！嘗起來更像大便！」

三兄弟此時終於鬆了口氣，一起開心地說：「哈！幸好我們沒有踩到它！」

請點菜

醫生來到一家餐廳吃飯，正要點菜，發現服務生總是下意識地摸屁股，便關切地問道：「有痔瘡嗎？」

服務生指了指菜單說：「請您點菜單裡有的菜好嗎？」

多此一舉

有一個工人到了工地去工作，但他眼睛上有一個瘀青。

他一到了工地，每個人都笑笑的問他爲什麼他的眼睛會瘀青。

他說：「是這樣的。我昨天到了教會去禱告，結果跪下來時，前面有一個小姐上完廁所後，我發現她的裙子不小心塞到了內褲裡，所以幫她拉了出來，結果就被她打了。」

隔了一個禮拜，那位工人的眼睛上又出現了一個瘀青。他一到了工地，每個人都笑笑的問他爲什麼他的眼睛又有瘀青。

他說：「昨天啊，我又到了教會禱告，而且前面又是那位小姐，我發現她的裙子又塞到內褲裡了，結果我旁邊的人竟然把裙子抽出來了。我知道這樣那位小姐會生氣，所以我又把裙子塞進去了……」

！何嘉仁

有一天小明的媽媽帶他去何嘉仁美語報名時，媽媽就問：「我的小孩爲什麼不是何嘉仁親自授課呢？」

櫃檯小姐一聽，感到莫名其妙的說：「我們何嘉仁不親自授課的喔！」

媽媽便生氣的問：「不是何嘉仁授課爲什麼取名叫何嘉仁！」

櫃檯小姐一臉不爽的說：「那妳去問隔壁那一棟長頸鹿美語，看他有沒有叫長頸鹿親自授課！」

！報仇

老虎與烏龜打架，烏龜打到一半跳入湖中，老虎不甘心，就在湖邊守候許久。

此時湖裡竄出一條蛇要出來獵食，老虎一腳踩住牠說：「不要以爲你脫了背心我就認不出你！」

蛇被老虎毒打了一頓之後，心有不甘的想找機會報仇，終於有一天牠看到一隻貓，就狠狠地咬了貓一口並說：「別以爲你裝可愛，我就認不出你！」

貓被咬了以後，覺得實在很無辜，正想找人出氣時，就發現一隻扭動的蚯蚓在那邊扭來扭去，他狠狠的往他身上抓了一下，說：「父債子還，聽到了沒！」

食人族獵食

有個食人族長和他兒子到外尋找食物，他們躲藏在草叢裡，等待獵物到來。

不久後有一位瘦小子經過，族長的兒子問爸爸：「爸爸，這個如何？」

族長答道：「不，這小子太瘦，吃起來沒味道！」

不久後，有一位胖子經過，族長的兒子問爸爸：「爸爸，這胖子又如何？」

族長答道：「不，這個太肥，吃了膽固醇太高！」

剛說完後，又有一位窈窕青春美少女經過，族長的兒子問爸爸：「爸爸，這美女又如何？」

族長答道：「哇塞！好極了，我們把這美女捉回家，然後把你媽媽煮來吃！」

以味尋物

話說民國初年，戰亂頻繁，雖然如此，有一位老饕仍不改本色，堅持吃遍中國名產。

有一天，他來到南京，準備吃大名頂頂的南京板鴨，進了一著名的板鴨站，店小二連忙過來招呼：「客官，來點什麼？」

「給我來一隻道地的南京板鴨！」

「是的，馬上來！」

過了一會，小二端上來一隻香味四溢的板鴨，這位老饕待鴨上桌，不忙的動筷子，卻伸出中指，往鴨屁股一戳，再伸到鼻子一聞：「喂！店小二啊！這分明不是南京板鴨嘛！這鴨是北京的烤鴨！」

遇到如此厲害的客人，店小二馬上答著：「抱歉、抱歉，我馬上給您換一隻！」

又過了一會，小二又端上一隻香味四溢的板鴨，這位老饕又伸出中指，往鴨屁股一戳，伸到鼻子前聞一聞：「嗯……這才是道地的『南京』板鴨！」

這時只見小二把褲子一脫，一臉誠懇地說：「客倌……我從小因戰亂而無父無母，從來不知道自己是哪裡人，您就行行好吧……」

！有霸氣的名字

幾個小股東合資要開一家公司，為了彰顯公司的霸氣，特取名「能力」！

「嗯！『能力公司』聽著多霸氣啊！」

於是大家興高采烈地去申請並拿回營業執照，拿回來後大家幾個都傻眼了，只見執照上大大地寫著……「能力有限公司」。

能力好的原因

小明是醫學院新生，上解剖課時很緊張，尤其聽到同學們炫耀爸媽是頂尖的外科醫生或本身有過相關經驗的時候，更是忐忑不安。

實際操作兩小時後，老師特別稱讚小明操作能力很好，問他是否家學淵源的關係？

小明不好意思地說：「是的，我爸是殺豬的。」

羨慕

有一天，小明來到了一個公廁裡上廁所，卻因爲便祕嚴重，所以拉不出來。

小明：「天啊！我都蹲這樣久了！爲何還出不來呢？」

這時旁邊的廁所有人衝了進去，瞬間發出響亮的拉屎聲。

小明聽到後便說：「真好！一蹲就出來了。」

隔壁的人說：「有啥好的！我褲子都還沒拉下來呢……」

目標轉移

有一天，一對夫妻到動物園，他們看到一個地方人很多就走了過去，發現大家都在看一種「狒狒」的動物。

妻子突然大聲的說：「真奇怪！怎麼越醜的動物越多人看？」

老公說：「噓……小聲一點大家都在看妳了！」

狗的分別

小明上游泳課的時候故意找小美的麻煩，說：「妳會游泳嗎？」

小美：「不會！」

小明：「妳連狗都不如，狗至少會游泳。哈哈哈！」

小美不服氣的反問：「那你又會游泳嗎？」

小明：「當然會啊！要不要現在游給你看？」

小美一陣冷笑：「不需要，因爲你現在和狗有什麼分別？」

烤地瓜

從前有一個人叫小明，他非常地喜歡烤地瓜，他愛死它們了，但是吃完烤地瓜之後，往往帶給他非常惱人的副作用「放臭屁」，有一天小明邂逅了一個女孩子並與她墜入愛河，當他們論及婚嫁時，小明告訴自己，他如果再繼續吃烤地瓜，她的老婆一定不能忍受，所以他決定犧牲自己放棄最愛的烤地瓜。他們結婚不久以後，小明在下班回家的路上，他的車子拋錨了。他們住在鄉下，所以他打電話告訴老婆原因，並且告知用走路的會比較晚到家。

在他回家的路上，小明路過一個小發財車，上面傳來一陣陣令人無法抗拒的烤地瓜香味，他考慮了一下反正還要走好幾里路才會到家，在那之前應該可以排解掉所有的副作用。

所以他就買了烤地瓜，離開小發財車之前，小明已經吃了三份特大號的烤地瓜，而且在回家的路上，他不斷的排氣，所以到家的時候他覺得非常地放心。

小明在門口遇到老婆，她看起來似乎異常地興奮，她說：「親愛的，今晚我要給你一個大驚喜！」

老婆用頭巾蒙住他的眼睛，把他拉到餐桌的主位上，並要他承諾不能偷看。在這當時他開始覺得又想要放屁了，當他老婆正要解開頭巾時，電話鈴響了，老婆要他答應在她回來前不能偷看後，就去接電話了。

老婆離開後，小明逮住這個機會，他把重心移到另一隻腳然後解放，這不僅是個響屁，還臭得像顆爛雞蛋，他幾乎無法呼吸，所以他隨手摸到一條餐巾然後用來搧風，他剛開始覺得好點，但另一個屁卻緊接而來，所以他把腳抬了起來「噗、噗、噗、噗！」聽起來不僅像個柴油發電機而且聞起來更糟，為了避免自己做嘔，所以他用手搧著周遭的空氣，希望臭氣能夠消散點。

但另一個屁又緊接而來，這個屁簡直可以媲美化糞池的味道。他一邊聽著走廊上的老婆的對話，還得守著承諾不能偷看，接下來的十分鐘，他一直重複著相同的動作，放屁再用餐巾搧風。

當他聽到那一頭講電話的老婆和對方話別時，他俐落的把餐巾放在腿上，然後把手放在上面，在他老婆走進來時若無其事的樣子。

老婆因擔擱了這麼久時間，向他道歉，並詢問小明是否有偷看餐桌上的東西，小明非常篤定的說他絕對沒看，老婆這時高興的把他頭上的頭巾拿掉，然後大聲說：「生日快樂！」

讓小明驚訝的不是桌上的蛋糕，而是餐桌旁坐了十二位來參加他生日宴會的友人！

避開畫面

有一次電視上出現接吻鏡頭，爸爸讓兒子去倒杯水，好避開那種激情的畫面。

不久，電視上又有接吻的場面，爸爸讓兒子再去倒杯水，兒子問：「爸爸，是不是你一看到有人親嘴你就口渴啊？」

同樣病症

有一個年輕妻子，她丈夫每晚都會目不轉睛的看電視中的摔角節目，什麼也不顧。她一氣之下就回了娘家。一進門，只見她的父親一個人坐在電視機前，也在看摔角節目。

她驚訝的問：「媽媽呢？」

她父親頭也沒回的說：「回妳外婆家去了！」

不孝兒子

吝嗇的小明他的父親剛過世，想找個道士超渡亡魂，道士索價一千元，小明殺價成八百元，道士也同意了。

於是道士開始誦經：「請魂上東天啊、上東天……」

小明好奇的問：「爲何不是上西天？」

道士回說一千元上西天，八百元只能到東天。

小明無奈，只好再給道士兩百元，讓父親上西天。

道士便改口：「請魂上西天啊、上西天……」

這時棺材裡傳來小明父親的罵聲：「你這不孝兒子，爲了區區兩百塊，害我跑得這麼累！」

算命

有一個人，三十幾歲了依然事業無成，工作也找不到，事業也做不成，都一直賺不到錢。於是，去找算命師算個命看看。

「你啊，將會一直窮困潦倒，直到四十歲。」

那個人聽了，眼睛爲之一亮，心想有轉機了，馬上問說：「然後呢？」

「然後喔……」算命師看了一下他的命盤接著說：「然後你就習慣了啊！」

定律

物理課上講質量守恆定律。
老師：「一個雞蛋去撞另一個雞蛋，誰碎了？」
小明舉手：「心碎了。」
老師驚訝大叫：「誰的心碎了！」
小明：「當然是母雞的心碎了，難道是我的啊……」

忠心不二

顧客：「老闆，我想要一隻聰明又忠心的小狗。」
老闆：「這隻準沒錯，這隻狗對主人最忠心了。」
顧客：「怎麼說呢？」
老闆：「這隻狗被我賣了三次，每次都是自己跑回來了呢！」

快看

小美很黏姊姊，而且喜歡騎單車，有一天想要現寶給姊姊看她的騎車技術。

小美：「姊姊快看！我不用手也能騎單車！」

姊姊：「哇！好厲害喔！」

過了一會後，小美又說：「姊姊快看！我不用腳也能騎單車！」

姊姊：「哇！太棒了！」

隨著一趟一趟過去，小美表演的難度更高。

許久，小美又跑來：「姊姊快看！快看！我的牙齒掉了三顆了……」

姊姊：「@#$%&！」

謝謝您購買 真的是，愛說笑 這本書！

即日起，詳細填寫本卡各欄，對折免貼郵票寄回，我們每月將抽出一百名回函讀者寄出精美禮物，並享有生日當月購書優惠！

想知道更多更即時的消息，歡迎加入“永續圖書粉絲團”

您也可以利用以下傳真或是掃描圖檔寄回本公司信箱，謝謝。

傳真電話：（02）8647-3660　　信箱：yungjiuh@ms45.hinet.net

☺ 姓名：　　□男　□女　　□單身　□已婚

☺ 生日：　　□非會員　　□已是會員

☺ E-Mail：　　電話：（　）

☺ 地址：

☺ 學歷：□高中及以下　□專科或大學　□研究所以上　□其他

☺ 職業：□學生　□資訊　□製造　□行銷　□服務　□金融
□傳播　□公教　□軍警　□自由　□家管　□其他

☺ 您購買此書的原因：□書名　□作者　□內容　□封面　□其他

☺ 您購買此書地點：　　金額：

☺ 建議改進：□內容　□封面　□版面設計　□其他

您的建議：

廣告回信
基隆郵局登記證
基隆廣字第57號

新北市汐止區大同路三段一九四號九樓之一

大拓文化事業有限公司收

請沿此虛線對折免貼郵票，以膠帶黏貼後寄回，謝謝！

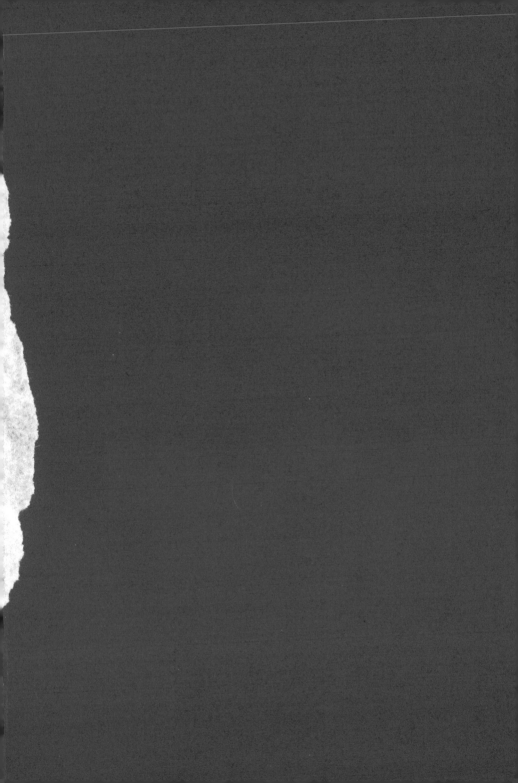